Sandy Taikyu Kuhn Shimu

DAS TAO DER WORTE

Zen-Geschichten, die das Herz
und den Geist bewegen

Schirner Verlag

Sandy Taikyu Kuhn Shimu
Das Tao der Worte
Zen-Geschichten, die das Herz
und den Geist bewegen

ISBN 978-3-8434-1110-3
Umschlag und Satz:
Silja Bernspitz, Schirner
Redaktion: Katja Hiller, Schirner
Fotos: siehe Bildnachweis
Printed by: ren medien,
Filderstadt, Germany
www.schirner.com
1. Auflage August 2013

Zen-Geschichten, die das Herz
und den Geist bewegen

Inhalt

Inhalt

Inhalt

Vorwort

Gute Geschichten sind etwas Wunderbares. Sie vermitteln Lebensweisheiten, Erfahrungen und Einsichten und regen uns zum Nachdenken und Nachahmen ein. Zen-Geschichten sind nicht nur gut, schön, lustig, witzig oder weise, sondern auch lehrreich und heilsam. Sie haben die Kraft, Erwartungen und Hoffnungen ins rechte Licht zu rücken und Veränderungen in uns in Gang zu setzen, damit wir Erlebtes verarbeiten und verstehen können. Auf witzige Art und Weise werden in ihnen selbst schwierige Themen und komplexe spirituelle Sachverhalte angesprochen. Heilsame Geschichten lassen uns immer den nötigen Freiraum für unsere eigenen Gedanken und können in uns Interesse, Kreativität und Lebensfreude erwecken.

Das Schöne an guten Geschichten ist, dass wir sie immer wieder lesen, vortragen oder hören können. Manchmal erschließt sich uns der Sinn unmittelbar. Oft offenbart sich uns ihr Kern erst nach mehrmaliger Auseinandersetzung mit der Geschichte. Nicht selten entdecken wir auch einen neuen Aspekt, den wir zuvor ganz einfach überhört oder überlesen haben. Das Verständnis, das Wesen und die Bedeutung einer Geschichte verändern

Gute Geschichten sind etwas Wunderbares.

sich mit dem Stand der spirituellen Entwicklung des Lesers beziehungsweise des Zuhörers. Und genau dieser Aspekt macht Geschichten so wertvoll und zeitlos.
Die Philosophie des Zen verfügt über eine wahre Schatzkammer an kraftvollen, kostbaren und essenzreichen Erzählungen und Geschichten. Aus eigener Erfahrung weiß ich, wie groß die Energie ist, die hinter den Worten steckt. In meinen Büchern, Seminaren, Vorträgen und im Unterricht mit meinen Schülern greife ich immer wieder auf humorvolle und tiefsinnige Geschichten zurück, die das Gesagte nochmals zusammenfassen, vertiefen oder auf einer anderen Ebene beleuchten. Diese Anekdoten werden sehr wohlwollend, voller Wertschätzung und dankbar auf- und angenommen.

In diesem Buch habe ich für Sie viele solcher weisen Zen-Geschichten zusammengetragen. Mit Humor und Leichtigkeit werden in ihnen tiefgründige Weisheiten vermittelt, die Sie den Geschmack des Tao, des Weges der höchsten Wahrheit und Wirklichkeit, kosten lassen. Ich habe ganz bewusst darauf verzichtet, die Geschichten unter bestimmten Themenschwerpunkten zusammen-

zufassen. Es wäre einfach nicht richtig, die Essenz einer Geschichte auf einen Überbegriff zu reduzieren. Die verschiedenen sinngebenden Inhalte, die vielschichtigen Interpretationsmöglichkeiten und die Fülle zwischen den Zeilen würden dann mit größter Wahrscheinlichkeit im Verborgenen bleiben. Nehmen Sie das Gelesene und gerade auch das Ungesagte in einer Dimension wahr, die alles übersteigt, denn für unsere geistige Entwicklung sind diese Geschichten letztlich da!

Ich wünsche Ihnen von Herzen ein fröhliches und erkenntnisreiches Lesevergnügen, das sowohl Ihr Herz als auch Ihren Geist heilsam bewegt.

Ihre Sandy Taikyu Kuhn Shimu

Die Geschichten

Der Schmetterling

Ein aufgeweckter Schüler fragte seinen Kung-Fu-Lehrer: »Meister, wie kann ich das Glück ergreifen?«
Der Meister antwortete: »Das Glück ist wie ein schöner Schmetterling.
Sobald du ihn jagen und fangen möchtest, entwischt er dir. Wenn du dich aber hinsetzt und wartest, dann lässt er sich auf deiner Schulter nieder.«
Der Schüler antwortete enttäuscht:
»Dann kann ich also nichts tun, um das Glück zu erlangen?« –
»Doch«, erwiderte der Meister lächelnd, »du kannst versuchen, dich ruhig hinzusetzen!«

Wer bist du?

Eine Schülerin lag nach einem schweren Unfall seit längerer Zeit im Koma. Da erschien ihr in ihren Träumen ihr Meister und fragte sie: »Wer bist du?« – »Ich bin deine Schülerin«, antwortete die Frau. »Ich habe nicht gefragt, wessen Schülerin du bist, sondern, wer du bist!«, erwiderte der Lehrer. »Ich bin die Ehefrau eines Bauern und die Mutter von drei Kindern.« – »Ich habe nicht gefragt, wessen Ehefrau oder Mutter du bist, sondern ich möchte wissen, wer du bist!«, hakte der Meister nach. »Ich bin Köchin und Buddhistin, und in der Freizeit male ich sehr gern.« – »Ich habe weder nach deinem Beruf gefragt, noch nach welcher Religion oder Philosophie du lebst oder welchen Hobbys du nachgehst. Ich habe dich gefragt, wer du bist«, blieb der Meister hartnäckig. Die Frau erwiderte: »Ich bin 38 Jahre alt und manchmal etwas emotional. Ich liebe den Kontakt zu anderen Menschen, ich helfe gern und mag die Natur.« Und wieder antwortete der Lehrer: »Ich habe dich nicht nach deinem Alter, deinen Gefühlen oder deinen Vorlieben gefragt, sondern danach, wer du bist!« Der Dialog schien kein Ende zu nehmen, denn die Frau gab dem Meister keine Antwort, die ihn zufriedenstellen konnte. Nach ein paar

Tagen erwachte die Frau plötzlich aus dem Koma und war gesund. Sie ergriff nun die Chance, herausfinden, wer sie wirklich war – und genau darin lag der Unterschied. Der Meister war zufrieden!

Glück oder Unglück?

Ein chinesischer Bauer besaß ein wunderschönes Pferd. Der Kaiser war sehr an dem Tier interessiert und bot dem alten Mann 50 Goldmünzen dafür. Der Bauer wollte aber sein Pferd nicht verkaufen, weil es das einzige war, was er besaß. Kurz darauf verschwand das Tier, und die Nachbarn im Dorf beschimpften den alten Mann: »Wie dumm von dir. Du hättest besser das Pferd an den Kaiser verkauft. Jetzt hast du gar nichts mehr. Was für ein Unglück!« – »Glück oder Unglück? Wir wissen nur, dass das Pferd weg ist«, gab der Bauer zur Antwort. Nach einigen Tagen kam das Pferd mit zehn wilden Pferden zurück. »Was für ein Glück«, jubelten die Dorfbewohner, »du bist ein reicher Mann!« – »Glück oder Unglück? Wir wissen nur, dass mein Pferd mit zehn Wildpferden heimgekehrt ist«, entgegnete der Bauer. Der einzige Sohn des alten Mannes begann, die Pferde zu zähmen. Bei einem Ausritt wurde er von einem wilden Pferd abgeworfen und brach sich ein Bein. »Oh, was für ein Unglück! Jetzt hast du niemanden mehr, der dir bei deiner Arbeit helfen kann«, beklagten die Bewohner das Leid des Bauern. »Glück oder Unglück? Wir wissen nur, dass sich mein Sohn das Bein gebrochen hat«, erwiderte der Bauer. Noch in derselben Woche trafen die Militärtruppen des Kaisers ein und rekrutierten alle jungen Männer des Dorfes für den bevorstehenden Krieg. Den Sohn des Bauern ließen sie zurück. Ihn konnten sie nicht gebrauchen, weil sein Bein verletzt war.

Die kleine Maus

Ein Asket saß bereits seit Wochen meditierend in seiner Höhle, als eine kleine Maus an seinem Schuh zu knabbern anfing. Der Mann wurde zuerst unruhig, dann ärgerlich und zum Schluss richtig böse. Er unterbrach seine Meditation und schrie die kleine Maus an:
»Warum nervst du mich? Ich kann so nicht meditieren. Du störst mich!« Die kleine Maus antwortete: »Ich habe Hunger!« Der Asket traute seinen Ohren nicht und erwiderte:

»Das gibt es doch nicht. Ich suche die Einheit mit Gott, und du lenkst mich ab, nur weil du Hunger hast? Lass mich in Ruhe und verschwinde!« Da sprach die Maus:
»Wenn du noch nicht einmal mit mir klarkommst, wie willst du dich dann mit Gott vereinigen?«

Zwei neue Schüler

Zwei neue Schüler traten in ein Zen-Kloster ein. Der Meister unterwies beide in der Gehmeditation. Als sich die Neuankömmlinge am nächsten Morgen wieder im Garten des Klosters begegneten, fragten sie sich, ob sie nicht während der Gehmeditation eine Zigarette rauchen könnten. Schließlich wären sie im Freien, und der Rauch würde niemanden stören. Sie beschlossen, am Nachmittag den Zen-Meister zu fragen. Am Tag darauf trafen sich die Schüler erneut. Einer von beiden rauchte während der Gehmeditation. Etwas verdutzt erkundigte sich der andere: »Du rauchst, obwohl der Meister uns das Rauchen verboten hat?« Darauf erwiderte der Raucher: »Wieso verboten? Mir hat der Meister das Rauchen erlaubt!« – »Was!«, schrie der erste Schüler. »Mir hat er es verboten! Warum hat dir der Meister das Rauchen erlaubt?« – »Was hast du ihn denn gefragt?«, wollte der Schüler mit der Zigarette im Mund wissen. »Ich habe den Meister gefragt, ob ich während der Gehmeditation im Garten rauchen darf. Er ist sehr wütend geworden, hat mich mit dem Stock auf den Kopf geschlagen und laut ›Nein!‹ gebrüllt. Was hast du ihn gefragt?«, wollte nun der andere Schüler wissen. »Ich habe den Meister gefragt, ob ich während des Rauchens meditieren kann. Er hat sich darüber gefreut und gesagt: ›Gut, wenigstens meditierst du!‹«

Eine Partie Schach

Ein Schüler reiste in ein Kloster, um dort die Kunst des Kampfes zu erlernen. Als er beim Meister um Einlass bat, sagte er etwas entmutigt: »Meister, ich komme von weit her. Das Leben meint es nicht gut mit mir, denn ich habe viele Enttäuschungen und Rückschläge erlebt. Mein größter Wunsch ist es, die Kampfkunst zu erlernen, um körperlich und geistig Befreiung zu erlangen. Doch meine physischen und mentalen Fähigkeiten sind schwach. Ich habe es in meinem Leben zu nichts gebracht. Gibt es trotzdem noch Hoffnung für mich?« Der alte Meister überlegte kurz und fragte: »Mein Junge, es muss doch irgendetwas in deinem Leben geben, was du gern machst und wofür du dich interessierst?« Der Schüler erwiderte: »Meister, wir waren reich. Ich musste nicht arbeiten und mich um nichts kümmern. Das Einzige, was mir wirklich Spaß macht, ist das Schachspiel.« – »Gut«, sagte der Meister, lächelte und rief seinen ältesten und begabtesten Schüler zu sich. Er befahl ihm, das Schachbrett und die Figuren zu holen. »Du wirst jetzt mit diesem jungen Mann eine Partie Schach spielen. Es ist das Einzige, was er bis jetzt in seinem Leben voller Interesse gemacht hat. Du widmest dich schon seit Jahrzehnten der Kampfkunst und bist mein bester Schüler. Solltest du verlieren, schlage ich dir den Kopf ab. Du hast die Befreiung schon lange erreicht und brauchst dir um deinen Tod keine Sorgen zu machen.« Dem jüngeren Schüler zugewandt, sprach der Meister: »Und wenn du verlierst, schlage ich dir den Kopf ab, denn das Schachspiel ist das Einzige, was du bis jetzt mit Eifer gemacht hast!« Beiden Schülern war der Ernst der Lage klar, und keiner zweifelte am Entschluss des Meisters. Dem Verlierer würde der Kopf abgeschlagen werden, das stand fest. Die Partie begann.

Schon bei den ersten Zügen wurde der junge Schüler nervös. Der Schweiß tropfte von seiner Stirn, und große Angst erfüllte sein ganzes Wesen, als er um sein Leben spielte. Er machte einen Fehler nach dem anderen. Doch dann wandte sich das Blatt. Er spielte immer besser und brachte sein Gegenüber in Bedrängnis. Nur noch wenige Züge vom sicheren Sieg entfernt, blickte er verstohlen in die Augen seines Kontrahenten. Er sah in ein ruhiges und weises Gesicht. Der Körper, gestählt von dem jahrelangen harten Training, und die aufopfernde, selbstlose Haltung, die der ältere Schüler ihm, einem nutzlosen Zeitgenossen, entgegenbrachte, beeindruckten ihn sehr. Er empfand ein tiefes Mitgefühl und dachte: »Was habe ich schon im Leben erreicht? Dieser Mann ist ein wahrer Krieger. Er hat es nicht verdient zu sterben!« Und so machte er einen falschen Zug nach dem anderen, bereit, seinen Kopf zu verlieren. Plötzlich fegte der Meister mit seiner Hand über das Brett. »Stopp!«, schrie er. »Es gibt hier keinen Gewinner und keinen Verlierer! Du hast soeben eine der wichtigsten Lektionen in deinem Leben gelernt. Du hast Weisheit, Mitgefühl und völlige Hingabe gezeigt und warst bereit, dein Leben zu opfern. Ich bin bereit, dich in der Kampfkunst zu unterrichten.« Dies tat der Meister, und nach wenigen Jahren erreichte der Schüler die Befreiung.

Die Taube

In China ist es üblich, dass Schüler, die persönlich vom Meister unterrichtet werden wollen, zuerst auf die Probe gestellt werden. Eine solche Prüfung zeigt, ob der Schüler es würdig ist, dass der Meister seine kostbare Zeit und seine wertvolle Energie in ihn investiert. Eines Morgens erschienen an der Klostertür zwei neue Schüler, die es kaum erwarten konnten, in die Kunst der Meditation eingeweiht zu werden. Voller Vorfreude erkundigten sie sich beim Meister, ob sie sofort am theoretischen und praktischen Unterricht teilnehmen dürften. Der Meister lächelte und gab beiden Neuankömmlingen eine Taube in die Hand. Er sprach: »Bevor ich euch unterrichte, geht ihr getrennte Wege und sucht einen Platz auf, an dem euch niemand sieht. Wenn ihr einen abgelegenen Ort gefunden habt, dann tötet die Taube!« Einer der beiden Schüler lief ohne nachzudenken weg und tötete die Taube hinter einer großen Mauer, wo niemand ihn sehen konnte. Der andere Schüler durchquerte das ganze Tal, verschwand hinter Hügeln, bestieg Berge, watete durch Flüsse und kam am späten Abend sehr erschöpft mit der unversehrten Taube in der Hand zurück. Der Meister stellte ihn zur Rede: »So, wie es aussieht, hast du keinen Platz gefunden, an dem du die Taube hättest töten können.« Der Schüler antwortete: »Ja, Meister, ich habe überall gesucht, aber keinen Ort gefunden, an dem ich nicht gesehen wurde!« Der Meister hakte nach: »Das verstehe ich nicht. Wer hat dich denn immer gesehen?« Der Schüler antwortete: »Die Taube!«

Gib das Leiden auf

Ein erfahrener Kampfkünstler suchte einen großen Meister des Kung Fu auf. Er sprach zu ihm: »Meister, ich habe bei vielen Lehrern gelernt. Ich habe immer hart an meinen körperlichen und geistigen Techniken gearbeitet. Ich habe versucht, mich von allen Begierden, Wünschen und Vergnügungen zu befreien. Ich habe gefastet und enthaltsam gelebt, ich habe kein Fleisch gegessen und auf den Genuss von Alkohol verzichtet. Jede Übung und Technik habe ich nach bestem Wissen und Gewissen praktiziert und keine Mühe gescheut, mich selbst zu kasteien. Ich habe allem entsagt. Meister, ich habe wirklich gelitten, und trotzdem habe ich keine Befreiung, keine Erkenntnis und keine Erleuchtung erfahren!« Der Meister antwortete: »Gib das Leiden auf!«

Der Kampfhahn

Im China der Kaiserzeit war es üblich, einen Kampfhahn zu besitzen, den man in Turnieren gegen andere Kampfhähne antreten lassen konnte. Der Kaiser wollte natürlich den besten Kampfhahn des Landes besitzen und beauftragte einen seiner Diener mit dieser Aufgabe. Dieser machte sich auf die Suche nach einem gesunden Hahn und bildete ihn zuerst in den Techniken des Kampfes aus. Nach zwei Wochen Ausbildung erkundigte sich der Kaiser ungeduldig, ob der Hahn bereit sei für seinen ersten Kampf. Der Diener verneinte dies und sagte: »Herr, dieser Hahn ist kräftig und stark. Er ist aber noch sehr aufgeregt, und dadurch sind seine Kraft unbeständig und seine wirkliche Stärke leer.« Weitere zwei Wochen vergingen, und der Kaiser wollte erneut wissen, wie es um den Hahn stünde. Der Diener sprach: »Seine Kraft ist jetzt beständiger und seine Stärke ausgeprägt, doch seine Leidenschaft für das Kämpfen macht ihn nach wie vor aufbrausend, wütend und unberechenbar. Am liebsten würde dieser Hahn gegen jeden und alles kämpfen.« Zwei Wochen später fragte der Kaiser wieder nach: »Und? Ist der Hahn jetzt bereit?« Der Diener antwortete mit großer Freude: »Ja, jetzt ist er bereit. Er zeigt keine Leidenschaft mehr für den Kampf. Er bleibt still und gelassen, auch wenn er einen anderen Hahn sieht oder hört. Er ruht in sich und ist erhaben. Sein Körper und sein Geist zeigen eine aufrechte Haltung. Seine ganze Energie ist nicht mehr nur oberflächlich, sondern kommt zentriert aus seiner Mitte!« Als der Hahn am ersten Turnier teilnahm, waren sämtliche anderen Hähne nicht in der Lage, sich dem Hahn des Kaisers auch nur zu nähern. Alle hatten große Angst und flohen erschrocken. Der Hahn bestritt keinen einzigen Kampf und gewann das Turnier. Er hatte die reine Technik hinter sich gelassen und bezwang die Gegner mit seinem Geist.

Der glühende Ofen

Eine Frau mittleren Alters begab sich in ein Zen-Kloster, um sich einer Gruppe von Meditierenden anzuschließen. Die Zen-Meisterin erkundigte sich bei der Frau: »Was willst du hier?« Die Frau antwortete: »Ich bin auf der Suche nach Ruhe.« Darauf erwiderte die Meisterin: »Nur damit keine Verwechslungen auftreten, falsche Hoffnungen geweckt werden oder Missverständnisse entstehen, dieser Platz hier ist kein friedliches Paradies. Er ist ein Ort des Feuers, der deine Erwartungen in Flammen aufgehen lässt. Er ist ein glühender Ofen, der deine Verblendungen zum Schmelzen bringt und deine egoistischen Sichtweisen verbrennt. Auf diesem Kissen, im Schweiße deines Angesichts, wirst du dich mit dir selbst auseinandersetzen müssen, und in der Hitze der Gedanken hast du die Chance, deine Illusionen verdampfen zu lassen! Bist du dazu bereit?«

Man tut, was man kann

Eines Morgens ritt ein stolzer Samurai auf seinem Pferd durch den dichten Wald. Der mächtige Krieger, der gerade seine erste Schlacht verloren hatte, war außer sich vor Wut, schämte sich zutiefst über sein Versagen und fand sich selbst des Lebens nicht mehr würdig. Er überlegte, wie er sich das Leben nehmen könnte, weil er in seinen Augen sein Gesicht und somit sein Ansehen und seine Ehre verloren hatte. In Gedanken versunken überquerte er schnaufend und brüllend einen verschlungenen Weg, als er plötzlich etwas auf dem Boden liegen sah. Mit gezieltem Zügelgriff brachte er sein Pferd zum Stehen. Der Krieger erblickte einen kleinen Spatz, der auf dem Rücken lag und seine beiden winzig kleinen Füßchen zum Himmel emporstreckte. »Was machst du da? Geh mir aus dem Weg, du nutzloser Vogel!«, rief der Samurai verärgert. »Ich kann nicht!«, antwortete der kleine Spatz ganz gelassen und selbstbewusst. »Wieso nicht? Du hast doch Flügel und kannst fliegen!«, schnauzte der entrüstete Krieger. »Ja, das schon, aber ich habe eine sehr wichtige Aufgabe zu erfüllen. Ich kann hier nicht weg! Man hat mir gesagt, dass der Himmel heute auf die Erde fallen wird. Also liege ich jetzt hier, strecke meine

Beine aus und warte, bis der Himmel herunterfällt. Dann werde ich ihn mit meinen Füßen auffangen!«, erwiderte der kleine Vogel mit ernster Miene. »Was?«, schrie der Samurai und hielt sich den Bauch vor Lachen. »Du kleiner Spatz willst den Himmel mit deinen Füßen halten?« Der kleine Vogel antwortete beherzt: »Tja, man tut, was man kann!«

Nachahmen

Ein alter Meister erlangte nach langem Studium und tiefer Meditation die Erleuchtung. Er entschied sich, von nun an ein ruhiges und einfaches Leben zu führen, weitab von der Hektik des Alltags. Er empfand es einfach als wohltuend und seiner Natur entsprechend und nicht als Entsagung oder Dogma. Doch schon bald folgten ihm seine Schüler. Sie wollten unbedingt genauso leben wie ihr Meister und die Erleuchtung erlangen. Sie machten ihm alles nach und folgten ihm auf Schritt und Tritt. »Ihr seid doch alle Narren!«, lachte der Meister und sprach weiter: »Wie wollt ihr Erleuchtung erlangen, wenn ihr mir alles nachmacht, ohne die wahrhaftige Absicht, die Idee dahinter zu verstehen?« Die Schüler konnten dem Meister nicht folgen und blickten ihn verständnislos, verwirrt und fragend an. Der Meister sagte erklärend dazu: »Habt ihr wirklich das Gefühl, dass eine Ziege zu einem Rabbi wird, nur weil sie einen Bart trägt?!«

Leben oder Sterben

Der letzte chinesische Kaiser sah sich nach einer Intrige am Hof gezwungen, seinen Leibarzt hinrichten zu lassen. Man warf dem armen Mann einen Mangel an Loyalität und Berufskenntnis vor. Wie es zu dieser Zeit üblich war, sollte dem Arzt, wie jedem anderen Verbrecher auch, der Kopf abgeschlagen werden. Der Kaiser war aber von der Unschuld seines langjährigen und treuen Leibarztes überzeugt. Er wollte das Leben des Mannes retten, ohne dabei sein Gesicht vor dem Volk und seinen Gefolgsleuten zu verlieren. Deshalb befahl der Kaiser seinen Dienern, am Tag der Hinrichtung zwei Seidentücher in einen großen Topf zu werfen. Auf dem einen Tuch sollte das Schriftzeichen für Leben stehen, auf dem anderen das für Tod. Sollte der Arzt das Tuch mit »Leben« aus dem Topf ziehen, bliebe er verschont. Wenn er aber das Tuch mit dem Zeichen des Todes ziehen würde, sollte ihm der Kopf abgeschlagen werden. Auch dieses Vorhaben des Kaisers blieb von den Intriganten des Palastes nicht unbemerkt. Sie wollten den Arzt hingerichtet sehen und beschlossen, die Tücher auszutauschen, sodass auf beiden Seidentüchern das Zeichen des Todes stand. So würde der Arzt auf jeden Fall hingerichtet werden. Egal, welches Tuch er aus dem Topf ziehen würde, es würde seinen Tod bedeuten.

Wie es das Schicksal wollte, blieb auch diese Verschwörung nicht unbemerkt. Der Leibarzt wurde auf den Betrug aufmerksam gemacht. In der letzten Nacht vor seiner Hinrichtung trank der Arzt eine Tasse Tee nach der anderen und versuchte, eine Lösung für das fast aussichtslose Unterfangen zu finden. Nach der zehnten Tasse Tee sank er plötzlich entspannt und lächelnd in seinen Stuhl zurück. Der Morgen der Hinrichtung kam. Der Mann wurde von den Wächtern des Kaisers zum Henker gebracht. Der Topf mit den beiden Seidentüchern stand vor ihm. Ohne zu überlegen steckte er seine Hand in das Loch, zog blitzschnell ein Tuch heraus, stopfte es sich in den Mund und schluckte es herunter. Der erschrockene Kaiser bat daraufhin einen Diener, das verbleibende Tuch aus dem Topf zu holen. Es war das Tuch mit dem Schriftzeichen des Todes. Der Kaiser atmete auf, denn der Arzt konnte somit nur das Tuch mit dem Zeichen des Lebens verschluckt haben. Der Kaiser hielt sein Versprechen, und das Leben des Arztes wurde verschont.

Die Katze und die Ratte

Es war einmal ein alter Samurai, der eine kleine vorwitzige Ratte bei sich zu Hause hatte. Er wollte dieses kleine Tier unbedingt loswerden und beschloss, sich eine Katze zuzulegen. Die Katze war zwar sehr mutig und eifrig, aber die kleine Ratte war einfach schneller. Da nahm der Samurai eine andere Katze zu sich, die flinker und schlauer war als die erste. Doch auch sie konnte der Ratte nichts anhaben, denn diese nahm sich sehr in Acht und verließ ihr Versteck nur dann, wenn die Katze schlief. Der Samurai war etwas ratlos und beschloss, das Angebot eines Zen-Mönchs anzunehmen. Dieser hatte ihm schon Wochen zuvor empfohlen, sich die alte Katze des Tempels auszuleihen. Diese Katze war nichts Besonderes. Sie machte weder einen sehr starken noch einen sehr intelligenten Eindruck. Ganz im Gegenteil, sie schlief den ganzen Tag und nahm keine Notiz von ihrer Umgebung. Die kleine Ratte beobachtete die neue Situation kritisch, fasste aber langsam wieder den Mut und verließ ihr sicheres Versteck. Nichts geschah. Die Katze schien die Ratte nicht zu bemerken. Sogar, als das kleine freche Ding ihr vor der Nase hin und her tanzte, rührte sich die Katze nicht. Der Samurai war enttäuscht. Doch eines Tages, als die Ratte wieder ihre Späße vor der Katze machte, öffnete die Katze ein Auge und streckte die Ratte mit nur einem Hieb nieder.

Weder Kommen noch Gehen

Ein Zen-Meister lag im Sterben und erhielt Besuch von seinem Meister. Dieser erkundigte sich bei seinem Schüler: »Soll ich dich im Sterben anleiten?« – »Nein, das ist nicht nötig. Ich muss jetzt allein gehen. Du kannst mir dabei nicht helfen«, antwortete der Sterbende. »Du irrst dich, wenn du glaubst, dass du jemals gekommen bist und jetzt gehst. Gestatte mir, dass ich dir den Weg zeige, wo weder ein Kommen noch ein Gehen existiert«, sprach der Meister. Sein Schüler lächelte, nickte mit dem Kopf und verstarb, ohne noch ein Wort zu sagen. Er hatte die letzte Lehre seines Meisters verstanden.

Den Geist beruhigen

Ein Schüler des Zen bat seinen Meister: »Bitte beruhige meinen Geist.« Der Meister antwortete: »Bring mir deinen Geist, dann werde ich ihn beruhigen.« Der Schüler suchte überall nach seinem Geist, konnte ihn aber nicht finden. Da sprach der Zen-Meister: »Siehst du, dein Geist hat seinen Frieden schon gefunden.«

Der beste Kämpfer

Ein junger Schüler begab sich nach China in einen berühmten Tempel, um dort die hohe Kunst des Kampfes zu erlernen. Der Schüler war von weit her angereist und sehr aufgeregt, als er endlich sein Anliegen vor dem großen Kung-Fu-Meister kundtun durfte. Er sprach: »Meister! Ich möchte der beste Kämpfer des ganzen Landes werden. Bitte nehmt mich als Euren Schüler an und sagt mir, wie lange ich trainieren muss, bis ich mein Ziel erreicht habe!« Der Meister antwortete: »Mindestens 10 Jahre.« – »Oh, das ist aber eine lange Zeit!«, seufzte der Schüler. »Ich werde sehr diszipliniert üben. Wenn es nötig ist, sogar doppelt so hart wie alle anderen Schüler. Meister, sagt mir bitte, wie lange dauert es dann?«, fuhr der Schüler fort. »Dann dauert es 20 Jahre!«, erwiderte der Meister. »Und wenn ich ohne Unterbrechung sieben Tage die Woche von Sonnenaufgang bis Sonnenuntergang trainiere, wie lange dauert es dann?« Der Schüler gab nicht auf, und der Meister antwortete: »Dann dauert es bestimmt 30 Jahre!« – »Wieso dauert es umso länger, je mehr ich mich bemühen will?«, wollte der Junge nun entmutigt wissen. Der Meister sprach in ruhigem Ton: »Wenn du ein Auge auf das Ziel gerichtet hast, dann bleibt nur ein Auge übrig, um den Weg zu finden.«

Das Geheimnis der Zufriedenheit

Ein großer Zen-Meister erhielt Besuch von ein paar Menschen, die auf der Suche nach dem Geheimnis der Zufriedenheit waren. »Großer Meister, was ist das Geheimnis der Zufriedenheit? Was ist dein Rezept, glücklich und zufrieden zu sein?«, fragten die Suchenden. Der Meister gab zur Antwort: »Wenn ich liege, dann liege ich. Wenn ich aufstehe, dann stehe ich auf. Wenn ich stehe, dann stehe ich. Wenn ich gehe, dann gehe ich. Wenn ich hungrig bin, dann esse ich. Wenn ich durstig bin, dann trinke ich. Wenn ich müde bin, dann schlafe ich, und wenn ich die Dinge verrichten muss, dann gehe ich zur Toilette.« Die Besucher waren etwas verwirrt und schauten sich gegenseitig ungläubig an. Dies konnte doch nicht das wahre Geheimnis der Zufriedenheit sein, und so erkundigte sich einer: »Großer Meister, treibe keine Scherze mit uns. Wie du weißt, liegen, stehen, gehen, essen und trinken auch wir, und trotzdem sind wir nicht zufrieden und glücklich.« Der Meister erkannte, dass die Menschen ihn nicht verstanden, und fügte deshalb hinzu: »Du hast recht, ihr liegt, steht, geht, esst und trinkt. Nur wenn ihr liegt, dann denkt ihr bereits ans Aufstehen, wenn ihr aufsteht, dann denkt ihr bereits ans Gehen, wenn ihr geht, denkt ihr bereits ans Essen, wenn ihr esst, dann denkt ihr bereits ans Trinken ... Euer Körper und euer Geist sind nie zum selben Zeitpunkt am gleichen Ort. Eure Gedanken sind entweder in der Vergangenheit oder aber in der Zukunft. Das Leben findet jedoch nur in der Gegenwart statt, und nur in der Gegenwart habt ihr die Möglichkeit, Zufriedenheit und Glück zu erfahren.«

Alles geht vorüber

Ein Schüler beklagt sich bei seinem Meister: »Meister, ich bin überhaupt nicht zufrieden mit meinen Fortschritten in der Meditation. Ich kann mich nicht konzentrieren, meine Beine schlafen ein, mein Rücken schmerzt, und ich habe große Mühe, wach zu bleiben!« Der Meister erwidert trocken: »Das geht vorüber.« Nach ein paar Wochen berichtet derselbe Schüler seinem Meister voller Freude: »Oh, Meister, meine Meditationen sind wunderbar, ich bin konzentriert und hellwach. Meine Beine und mein Rücken sind ohne Schmerzen. Ich bin im Frieden!« Der Meister antwortet schlicht: »Auch das geht vorüber.«

Der große Meister

Ein neugieriger Schüler fragte
den großen Zen-Meister:
»Meister, gibt es ein Leben
nach dem Tod?« –
»Das weiß ich nicht«,
antwortete er.
Der Schüler erkundigte
sich weiter:
»Aber bist du denn nicht
der Meister?«
Der Meister erwiderte:
»Doch, aber kein toter!«

Der kleine Lin

Vor langer Zeit lebte ein kleiner Junge namens Lin in Taiwan. Er war ein normaler Junge, der gern spielte, sich mit seinen Freunden raufte und ab und zu jemandem einen Streich spielte. Wie jedes Kind musste auch Lin die Schule besuchen. Grundsätzlich war Lin mit seinem Leben zufrieden, wenn er nur nicht immer und überall der Kleinste und Leichteste gewesen wäre. Egal, was auch passierte, der kleine Lin zog immer und überall den Kürzeren. Alle Kinder an seiner Schule waren schneller, besser oder größer. Und dabei hatte er schon so viel ausprobiert. Lin hatte sehr viel Reis gegessen und spezielle Übungen gemacht, um stärker und größer zu werden. Doch alle seine Bemühungen halfen nichts, er blieb klein, leicht und schwach.

Eines Tages braute sich ein großes Gewitter zusammen. Lin war gerade auf dem Heimweg. Der Regen prasselte auf ihn nieder, und der Wind wirbelte kleine Äste durch die Luft. Der kleine Lin hatte keine andere Wahl, als unter einem großen Baum vor dem heftigen Sturm Schutz zu suchen. Er kauerte auf dem Boden und beobachtete in Sicherheit, wie der Taifun über das Land hinwegfegte. Dabei sah er, wie große und starke Bäume der gewal-

tigen Kraft des Windes nicht standhalten konnten und wie Zündhölzchen durch die Luft wirbelten. Da fiel sein Blick auf ein kleines, schmächtiges Bäumchen, das von den starken Windböen regelmäßig gegen den Boden gedrückt wurde. Das zarte Bäumchen bog sich mit dem Wind und richtete sich immer wieder auf. Nachdem sich das Wetter langsam beruhigt hatte, lief der kleine Lin rasch nach Hause. Als er am nächsten Morgen wie gewohnt zur Schule lief, strahlte die Sonne, und der Himmel leuchtete in wundervollem Blau. Lin sah überall die umgeknickten und entwurzelten großen Bäume, die dem Sturm nicht standgehalten hatten. Nach einer Weile kam er auch an dem zarte Bäumchen vorbei. Es sah etwas mitgenommen aus, aber es stand gerade und schon fast anmutig inmitten der Verwüstung.
Als der kleine Lin das nächste Mal im Sportunterricht wieder gegen einen viel größeren und kräftigeren Gegner antreten musste, erinnerte er sich an dieses Bäumchen und machte es ihm gleich. Sein Gegner wollte ihn mit ungezügelter Kraft zu Boden drücken, aber Lin hielt nicht wie sonst mit ganzer Energie dagegen, sondern er gab ganz einfach nach. Dadurch verlor sein Gegner das Gleichgewicht, stolperte und fiel zu Boden. Der kleine Lin hatte seinen ersten Kampf gewonnen.

Die besten Dinge im Leben

Eine Gruppe gebildeter Herren aus China traf sich regelmäßig zum gemeinsamen Teegenuss. Bei jeder Zusammenkunft oblag einem der Akademiker die Aufgabe, eine neue Teemischung zu präsentieren. Die Herren versuchten, sich gegenseitig zu überbieten, und unternahmen alles nur Erdenkliche, den Gästen einen noch exklusiveren Tee zu servieren. Weder Geld noch Mühe wurden gescheut, um auch Raritäten aus der Ferne einfliegen zu lassen. Als das älteste Mitglied an der Reihe war, holte der Mann sein bestes Teegeschirr hervor und bewirtete seine Freunde mit einem Tee, der alle in Verzückung versetzte. Die Farbe, der Geruch und der Geschmack übertrafen alles, was die Teefreunde kannten. Sie waren begeistert und wollten unbedingt die Herkunft und den Preis dieses einzigartigen Tees wissen. Der alte Mann antwortete: »Liebe Freunde, diesen Tee trinken die einfachen Bauern hier auf dem Lande. Ihr seht: Gutes muss weder teuer sein, noch bedarf es großer Anstrengung, es zu finden!«

Das Leben nach der Geburt

»Gibt es ein Leben nach der Geburt?«, fragte der eine Zwilling den anderen. »Ich weiß es nicht. Ich erkenne nur, dass wir uns in den letzten Monaten stark verändert haben. Ich glaube, dass unser Leben hier langsam dem Ende zugeht«, erwiderte der andere. Entsetzt fuhr der Erste fort: »Ich will hier aber nicht fort. Mir gefällt es so, wie es ist. Ich will kein Ende.« – »Wir haben keine andere Wahl. Aber vielleicht gibt es ja ein Leben nach der Geburt«, beruhigte der eine Zwilling den anderen. Darauf fragte der Erste: »Was macht das Leben für einen Sinn, wenn die Empfängnis mit der Geburt endet? Was soll dann die Zeit hier? Und wie sollen wir weiterleben, wenn wir unsere Nabelschnur verlieren? Langsam glaube ich, dass es gar keine Mutter gibt! Bis jetzt ist noch nie jemand zurückgekommen und hat von ihr oder von einem Leben nach der Geburt erzählt. Ich bin fest davon überzeugt, dass das Leben mit unserer Geburt endet!« Der andere Zwilling hielt dagegen und sprach: »Nein, da muss es etwas geben. Wie sonst wären wir hierher gekommen?« Darauf erwiderte der andere: »Und wenn wir uns eine Mutter nur vorgestellt haben, damit wir unser Leben besser verstehen können? Was ist, wenn gar keine Mutter hinter alledem existiert?« Die Diskussion hielt noch eine Weile an. Dann setzten plötzlich die Wehen ein. Die Zwillinge verließen unter Angst, Zweifeln und vielen offenen Fragen den Schoß der Mutter. Sie wurden geboren, und was sie danach erlebten, übertraf alle ihre Erwartungen.

Die Fahne im Wind

Zwei Kampfkünstler stehen vor dem Haupttor des Tempels und streiten sich über die Tempelfahne. Der Wind weht und lässt die Fahne flattern. Der eine Kampfkünstler sagt: »Der Wind bewegt sich!« Darauf widerspricht ihm der andere: »Die Fahne bewegt sich!« Die beiden Schüler zanken hin und her. Der Meister, der den Streit angehört hat, greift ein und erklärt: »Keiner von euch hat recht. Weder die Fahne noch der Wind bewegt sich. Es ist euer Geist, der sich bewegt!«

Die Perle

Ein Mönch saß tief in Meditation versunken am Ufer eines ruhigen Flusses. Ein Schüler kam des Weges und schenkte dem Meditierenden als Zeichen der Bewunderung, der Demut und des Respekts zwei große, wertvolle Perlen. Um den Mann nicht in seiner Praxis zu stören, legte der Schüler ihm das kostbare Geschenk vor die Füße. Der Mönch öffnete seine Augen, nahm eine Perle in die Hand und spielte mit ihr. In einem Moment der Unachtsamkeit glitt sie ihm aus den Fingern und fiel in den Fluss. Der Schüler erschrak, riss sich die Kleider vom Leib und tauchte nach dem verlorenen Schatz. Die Zeit verrann, und der Schüler stieg nach einigen Stunden vergeblicher Suche erschöpft und erfolglos aus dem Fluss. Nun nahm er seinen ganzen Mut zusammen und sprach den noch immer meditierenden Mönch an: »Verehrter Mönch, du kannst dich doch bestimmt daran erinnern, wo die Perle in den Fluss gefallen ist. Bitte zeige mir die Stelle, damit ich die Perle für dich suchen und wiederfinden kann!« Der Mönch nickte, nahm die zweite Perle aus dem Gras, warf sie in den Fluss und sprach: »Genau dort!«

Die Zeit steht nie still

Es geschah vor vielen Jahrhunderten, da wollte ein Mann unbedingt die Zeit anhalten. Er stand auf einer kleinen Anhöhe vor seinem Dorf und schrie laut in den Himmel: »Zeit, steh still!« Doch nichts geschah. Verzweifelt flehte er weiter: »Bitte, Zeit, steh still!« Ein Samurai, der den Hilferuf des Mannes vernommen hatte, kam auf ihn zu und sprach: »Wenn das dein Wunsch ist, werde ich ihn dir erfüllen.« Der Samurai zog sein Schwert und schlug dem Mann den Kopf ab. Zu dem Toten gewandt sagte er: »Alles bewegt sich auf dieser Welt und ist der stetigen Wandlung unterworfen. Es gibt nur eine Zeit, deine Zeit. Auch ihr Wesen ist Wandlung. Wer die Veränderung nicht will, der will auch nicht das Leben!«

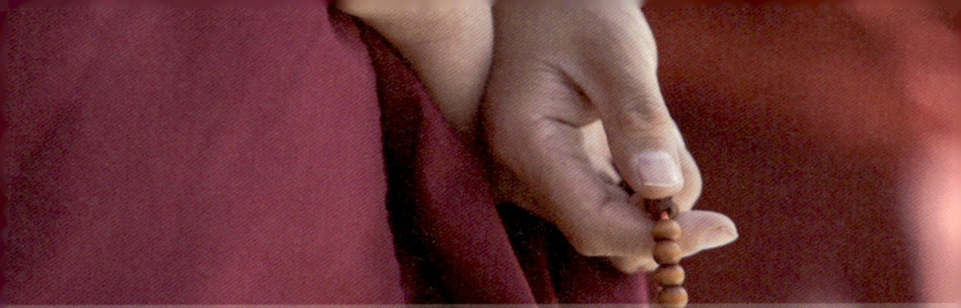

Ohne mit der Wimper zu zucken

Ein General zog mit seinen Truppen durch das Land. Als er eine Brücke überqueren wollte, war ihm ein meditierender Zen-Mönch im Weg. Er sprach: »Mönch, versperr mir und meinen Männern nicht den Weg!« Der Mönch regte sich nicht und saß weiter schweigend, ohne den General zu beachten, in Meditation. Der General schrie: »Mönch, verlass auf der Stelle die Brücke. Du weißt nicht, wer vor dir steht. Ich bin ein General, der dich jederzeit töten kann, ohne mit der Wimper zu zucken!« Da öffnete der Zen-Mönch die Augen und gab gelassen zur Antwort: »General, du weißt nicht, wer vor dir sitzt. Ich bin ein Mönch, der jederzeit sterben kann, ohne mit der Wimper zu zucken!«

Einfach wunderbar

Ein berühmter Zen-Meister lag im Sterben. Alle Schüler versammelten sich um das Bett des betagten Lehrers. Einer der ältesten Schüler reichte dem Sterbenden ein

Küchlein, das er kurz zuvor für den Meister in der Bäckerei gekauft hatte. Es war des Meisters Lieblingsgebäck, das er zeitlebens mit großem Genuss und Freude gegessen hatte. Der alte Mann nahm das Küchlein dankend und mit einem Lächeln an. Vorsichtig führte er es zum Mund und kaute jeden Bissen ganz langsam. Die Kräfte des Lehrers ließen sichtbar nach, und einer der Schüler fragte den Meister, ob er ihnen noch eine letzte Botschaft mit auf den Weg geben möchte. Der Lehrer nickte und bat seine Schüler, näher zu kommen. Seine Stimme war leise, aber die Worte waren klar zu verstehen. Er sprach: »Diese Küchlein sind einfach wunderbar!« Dann schloss der Meister die Augen und verstarb.

Die alte Teekanne

In China lebte ein reicher Mann, der besessen von der Idee war, die teuersten Teeutensilien zu besitzen. Sein privates Teehaus platzte schon aus allen Nähten, doch der Mann ließ sich nicht davon abbringen, immer wieder neues Teegeschirr zu kaufen. Ihm hatten es vor allem die exklusiven Teekannen angetan. Stolz brühte er jeden

Tag seinen Tee auf und erfreute sich an den kunstvollen Handfertigkeiten, die jede Kanne so einzigartig machten. Eines Tages klopfte ein Bettler an die Tür des wohlhabenden Mannes. »Guten Tag, mein Herr«, sprach der Fremde, »Ihr Ruf als Teekenner hallt über alle Berge. Ihre Sammlung an wertvollen Teekannen ist im ganzen Land unerreicht. Erlauben Sie mir die Bitte, mit Ihnen eine Tasse Tee zu trinken. Gern würde ich mich persönlich davon überzeugen, dass die Erzählungen den Tatsachen entsprechen und Ihr Tee wirklich einzigartig schmeckt.« Der reiche Mann war wie vor den Kopf gestoßen. Er hatte noch nie mit einem Bettler gesprochen. Und jetzt sollte er mit diesem mittellosen Mann Tee trinken. Die Erscheinung entsprach zwar der eines armen Mannes, aber sein Verhalten und seine Sprache passten so gar nicht in das Bild eines Bedürftigen. Also entschloss sich der reiche Mann, mit dem Bettler Tee zu trinken. Nachdem der arme Mann eine Tasse getrunken hatte, sagte er etwas enttäuscht: »Der Tee überzeugt mich nicht, ich habe eine bessere Qualität mit mehr Charakter erwartet! Erlauben Sie, mein Herr, dass ich Ihnen mit dieser alten Teekanne, die ich stets bei mir trage, einen wirklich schmackhaften Tee zubereite?«

Erstaunt über die Worte des Bettlers, sprach der Reiche: »Also gut, wenn du meinst, dass du mit dieser alten, gebrauchten Kanne besseren Tee zubereiten kannst als ich!« Und so brühte der Mann den Tee in seiner abgenutzten Kanne auf. Skeptisch nippte der reiche Mann an der Tasse Tee, die ihm der Bettler anbot, und war überwältigt von dem vollen Geschmack. In all den Jahren hatte ihm keine seiner exklusiven Teekannen dieses sinnliche Geschmackserlebnis geschenkt. Er sprach zum Bettler: »Deine Teekanne ist einzigartig. Wie viel kostet sie?« – »Ich verkaufe diese Kanne nicht. Egal, welchen Preis Sie dafür bieten!« Eine solche Antwort war der reiche Mann nicht gewohnt. Er versuchte es erneut: »Ich gebe dir 100 Goldmünzen!« – »Nein, ich werde mich nicht von dieser Teekanne trennen«, erwiderte der Bettler, »ich war einst ein nobler Herr wie Sie. Mein Geld habe ich durch die Kaufsucht verloren. Das Einzige, was mir geblieben ist, ist diese alte Teekanne. Über all die Jahre hat sie sich von jedem Aufguss etwas bewahrt. Die Ablagerungen in der Kanne sind für den einzigartigen Geschmack des Tees verantwortlich. Gern mache ich Ihnen aber folgenden Vorschlag: Sie können die Teekanne für 50 Goldmünzen erwerben.« Bei diesen Worten lächelte der Bettler und fuhr fort, »im Gegenzug darf ich jeden Tag vorbeikommen und einen Aufguss Tee aus dieser Kanne trinken!« Der reiche Mann war mit diesem Vorschlag sehr wohl einverstanden. Und seit diesem Zeitpunkt tranken der arme und der reiche Mann jeden Tag eine Tasse Tee miteinander.

Das Wichtigste

Ein Schüler erkundigte sich
bei seinem Zen-Meister:
»Bitte, Meister, sage mir,
was ist das Wichtigste
im Leben?«
Der Meister erwiderte:
»Achtsamkeit!«
Der Schüler bedankte sich
für die Antwort und
fragte weiter: »Und was
ist das Zweitwichtigste?«
Der Meister antwortete:
»Achtsamkeit!«

Der unnütze Baum

Ein weiser Lehrer lief mit seinen Schülern durch den Wald, als einer von ihnen die Ruhe der Gruppe und das Gezwitscher der Vögel durchbrach und laut sagte: »Schaut euch mal diesen hässlichen Baum an. Er ist krumm und voller Ecken und Kanten. Seine Zweige sind wirr und knorrig. Diesen Baum kann man wirklich zu nichts gebrauchen. Wie unnütz er doch ist!« Der Weise blieb stehen, hielt einen Moment lang inne und sprach zu seinen Schülern: »Wir wollen alle immer nützlich sein. Ich sage euch: Seid unnütz, wie dieser Baum!« Die Schüler schwiegen und schauten sich verständnislos an. Der Lehrer fügte ergänzend hinzu: »Seid ihr ein starker Baum, dann wird man Feuerholz aus euch machen. Seid ihr ein schöner und gerader Baum, dann endet ihr als Möbelstück auf dem Markt. Versteht doch, wie wunderbar es ist, nutzlos zu sein! Wenn euch niemand will, dann könnt ihr in Ruhe wachsen. Ihr könnt bis ins hohe Alter eurer wahren Natur, eurem inneren Wesen nach leben und euch frei entfalten. Euch kann man nicht zu Geld machen, nicht verkaufen. Es gibt nichts zu erreichen, nichts zu sein und nichts zu besitzen. Jeder weiß, wie nützlich es ist, nützlich zu sein. Aber niemand versteht den Nutzen davon, nutzlos zu sein! Deshalb sage ich euch, seid unnütz, wie dieser Baum!«

Himmel oder Hölle

Mit der Bitte, ihn in der spirituellen Bildung zu unterweisen, suchte ein mächtiger Samurai einen alten Zen-Meister auf. »Meister, bitte erkläre mir, was ist der Himmel und was ist die Hölle!«, bat der Samurai den weisen Mann. Der Meister warf dem Samurai einen abschätzigen Blick zu und verspottete ihn: »Ich kann einem stinkenden, ungepflegten und dummen Mann wie dir nichts beibringen. Wahrscheinlich bist du nicht einmal imstande, dein altes Schwert richtig zu benutzen. Verschwinde von hier, und vergeude nicht meine wertvolle Zeit!« Entsetzt und zutiefst erbost über die Antwort des Meisters zog der Samurai sein Schwert und schrie: »Was fällt dir ein, was glaubst du, wer du bist, dass du so mit mir reden kannst?« Schnaufend, zitternd und mit hochrotem Kopf stampfte der Samurai auf den Boden und hob sein Schwert mit der Absicht, dem alten Mann den Kopf abzuschlagen. »Das ist die Hölle«, sprach der Zen-Meister ruhig. Gerührt und voller Ehrfurcht über den Mut und die Hingabe, mit der der Meister ihn diese Lektion gelehrt hatte, entspannte sich das Gesicht des Samurai. Er lächelte und legte sein Schwert beiseite. Tränen der Dankbarkeit stiegen ihm in die Augen, und sein Herz erfüllte sich mit einer tiefen Zuneigung. Er empfand Mitgefühl und Liebe für den alten Mann. »Und das ist der Himmel«, erwiderte der Meister gelassen.

Wie man einen Fluss überquert

Drei weise Männer, ein Yogi, ein Sufi und ein Kung-Fu-Meister, standen an einem kleinen Fluss. Die Brücke, die sie zum Überqueren des Wassers benutzen wollten, war von einer starken Strömung weggespült worden.

»Ich zeige euch, wie man den Fluss auch ohne Brücke überquert«, sagte der Yogi zu den anderen beiden und praktizierte eine spezielle Atemübung. Er stand auf und lief tatsächlich über das Wasser! Der Sufi schüttelte den Kopf und sprach: »Nein, so geht das nicht. Ich zeige euch, wie man an das andere Ufer gelangt.« Der Sufi begann, sich im Kreis zu drehen. Er wirbelte immer schneller und schneller, bis sein Körper nur noch reine Energie war, er plötzlich verschwand und auf der anderen Seite des Flusses wieder auftauchte! Der Kung-Fu-Meister lächelte und sagte: »Ihr Narren. Ich zeige euch, wie man einen Fluss überquert.« Er krempelte seine Hosen hoch und watete durch den Fluss.

Ein Sack voller Kartoffeln

Es war einmal vor langer Zeit, als ein Schüler seinen Zen-Meister besuchte und sich über die Menschen beklagte. Er war der Meinung, dass er von den meisten Personen in seinem Umfeld verletzt, beleidigt und beschimpft oder auch einfach nur unfreundlich behandelt werde. Der

Meister überlegte kurz, verschwand in der Küche und kam mit einem Messer, einigen Kartoffeln und einem Sack zurück. Der Meister sprach: »Nimm für jede Person, die dich in den letzten Tagen und Monaten verletzt hat, eine Kartoffel, und ritze den Namen dieser Person ein.«
Der Schüler tat, wie es ihm der Meister empfohlen hatte. Es dauerte nicht lange, bis der Schüler mehr als ein Dutzend Kartoffeln mit Namen versehen hatte. Der Meister war zufrieden und sprach: »Gut, nun lege die Kartoffeln in den Sack, und trage ihn eine Woche mit dir herum, ohne ihn auch nur für einen Moment abzulegen. Komm nach sieben Tagen wieder zu mir in den Tempel.«
Der Schüler nahm den Sack und befolgte die Aufgabe des Meisters. Zu Beginn bereitete ihm das Tragen der Kartoffeln keine Mühe. Doch nach einigen Tagen wurde der Sack immer schwerer, und die Kartoffeln begannen zu stinken. Der Schüler war froh, als die Woche um war und er wieder vor seinem Meister stand. Dieser erkundigte sich, ob er etwas gelernt habe. Der Schüler antwortete: »Ja, Meister, ich habe gelernt, wenn ich den Menschen, die mich verletzt haben, nicht vergeben kann, dann trage ich den Ärger immer mit mir herum. Und der Ärger wird nicht weniger. Im Gegenteil, er nimmt von Tag zu Tag zu. Ich muss also den Menschen verzeihen können, und das bedeutet, die Kartoffeln aus dem Sack

zu entfernen.« Der Meister war zufrieden und sprach: »Gut, überlege dir also, welchen Menschen du vergeben kannst, und entferne die entsprechenden Kartoffeln aus dem Sack.« Der Schüler überlegte nicht lange und entschied sich, dass er allen Menschen verzeihen mochte, und so entfernte er alle Kartoffeln aus dem Sack.

Der Meister war begeistert und sprach: »Wunderbar! Nimm nun neue Kartoffeln, beschrifte sie mit den Namen der Personen, die dich in der vergangenen Woche beleidigt haben, und lege sie in den Sack.« Der Schüler erschrak, denn er wusste, dass es da schon wieder einige Namen gab. Er sprach zum Meister: »Meister, aber dann beginnt ja alles wieder von vorn. Ich werde immer Kartoffeln im Sack mit mir herumtragen müssen!« – »Das ist richtig«, antwortete der Meister und sprach weiter: »Es wird immer Menschen und Situationen geben, die dir nicht gefallen.« – »Aber ich habe doch keinen Einfluss darauf, was andere sagen oder tun!«, erwiderte der Schüler resigniert. Der Meister schwieg für einen kurzen Moment und sprach: »Die Kartoffeln sind deine negativen Gefühle. Vergiss sie für einen Augenblick, und richte deine Aufmerksamkeit auf den Sack. Was ist dann der Sack?« Der Schüler überlegte und antwortete: »Wenn die Kartoffeln meine Empfindungen und Gefühle sind, dann muss der Sack mein Ego sein. Denn ohne den Sack gibt es keine Kartoffeln ... ohne mein Ego gibt es keine Emotionen!« – »Was geschieht also, wenn du den Sack loslässt?«, fragte der Meister nach. »Dann können die Leute über mich sagen, was sie wollen, und ich habe keine Probleme mehr damit!« Der Meister pflichtete dem Schüler bei und ergänzte: »Genau, du wirst niemanden mehr finden, dessen Namen du in eine Kartoffeln ritzen könntest. Nähre also nicht die Illusion eines Ego. Strebe nicht nach deinem Ich. Wenn du das erkannt und losgelassen hast, gibt es nichts mehr, wofür oder wogegen du in deinem Leben kämpfen musst. Du bist dann eins mit dir, der Welt und dem gesamten Universum.«

Trinke zuerst eine Tasse Tee

In einem beliebten Kloster in China empfing der Abt einen neuen Schüler mit den Worten: »Warst du schon einmal hier?« – »Nein«, erwiderte der Schüler, »ich bin zum ersten Mal hier und möchte von Euch die Kunst der geistigen Einkehr lernen.« – »Gut«, erwiderte der Abt, »dann trinken wir zuerst eine Tasse Tee!« Es dauerte nicht lange, da klopfte erneut ein Schüler an die Klostertür und bat um Einlass. Wieder fragte der Abt den Schüler: »Warst du schon einmal hier?« Der junge Mann antwortete: »Ja, Meister, ich war vor einem Jahr schon einmal hier.« – »Gut«, erwiderte der Abt, »dann trinken wir zuerst eine Tasse Tee!« Einige Mönche, die die Gespräche zwischen dem Meister und seinen Schülern verfolgt hatten, waren sichtlich verwirrt. Beide Schüler hatten auf die Frage des Abtes eine andere Antwort gegeben, und trotzdem trank der Meister mit beiden eine Tasse Tee. »Was macht das für einen Sinn?«, fragten sie sich und konfrontierten den Meister mit ihrem Unverständnis. »Mönche!«, rief der Abt. »Ja«, antworteten diese. »Setzt euch, dann trinken wir zuerst eine Tasse Tee!«

Der fröhliche Straßenfeger

Ein Straßenfeger ging wie gewohnt seiner täglichen Arbeit nach. Er fegte die Straßen seines Dorfes und trällerte ein fröhliches Lied vor sich hin, als ihn ein Philosoph auf seine Arbeit ansprach: »Ich beneide dich nicht um deine Arbeit. Sie ist hart, dreckig und eintönig. Wie mühsam ist doch deine Tätigkeit. Ich bedauere dich!« Der fröhliche Straßenfeger schaute zu dem Mann auf und erkundigte sich: »Sagen Sie, mein Herr, was für einer Arbeit gehen denn Sie nach?« – »Ich bin ein Philosoph. Ich studiere den Geist, suche nach dem Sinn des Lebens und versuche, die Menschen und die Welt zu verstehen!«, antworte der Mann sichtbar stolz. Der Straßenfeger senkte seinen Kopf, fegte weiter und sprach mit einem Lächeln: »Ich sehe, Ihnen geht es also auch nicht besser. Ich bedauere Sie ebenfalls!«

Iss keinen Zucker

Eine besorgte Mutter bat den Kampfkunstmeister, er möge mit ihrem Sohn sprechen und ihm aufzeigen, wie wichtig es sei, mit dem Zuckeressen aufzuhören. Der Meister hielt für einen Moment inne und bat die Frau darum, den Tempel in zwei Wochen in Begleitung ihres Sohnes erneut aufzusuchen. Etwas irritiert, aber trotzdem dankbar kehrte die Mutter mit ihrem Sohn nach Hause zurück. Wie vereinbart erschien sie nach vierzehn Tagen mit ihrem Kind an der Hand wieder im Tempel. Der Meister stand vor dem Jungen, blickte ihm ganz tief in die Augen und sagte ernst: »Hör sofort auf, Zucker zu essen!« Mit Dank erfüllt und gleichzeitig überrascht über die Worte des Meisters erkundigte sich die Mutter: »Wieso haben Sie das nicht schon vor zwei Wochen zu meinem Sohn gesagt?« Der Meister antwortete: »Vor zwei Wochen habe ich selbst noch Zucker gegessen!«

Keine Furcht vor dem Tod

Ein junger Novize hatte den Auftrag, einen wichtigen Brief in die Stadt zu bringen. Als er eine kleine Brücke überqueren wollte, stellte sich ihm ein erfahrener Schwertkämpfer in den Weg. Der Samurai hatte geschworen, die nächsten hundert Menschen, die die Brücke passieren möchten, zum Kampf herauszufordern, um seine Macht und seine hohe Schwertkunst zu demonstrieren. Neunundneunzig Personen hatte er schon umgebracht. Der kleine Mönch versuchte, den Samurai zu beschwichtigen. Doch der stolze Mann ließ sich nicht von seinem Vorhaben abbringen. Er willigte jedoch ein, auf die Rückkehr des Novizen zu warten, damit dieser seinen Auftrag erfüllen könnte. Bevor der Novize aber den Kampf gegen den Schwertkämpfer einging, wollte er sich von seinem Meister verabschieden, denn es war ihm klar, dass er nicht lebend zurückkehren würde. »Meister, ich komme, um Lebewohl zu sagen. Ein Samurai hat mich zu einem Kampf auf Leben und Tod herausgefordert. Er ist ein großer Meister des Schwertes. Ich hingegen habe noch nie eine Waffe benutzt. Ich werde sterben«, sprach der Novize. »Du hast recht, du wirst sterben. Ich werde dir aber zuvor noch die beste Art zu

sterben lehren, damit du keine Angst vor dem Tod haben musst. Wenn es so weit ist, dann hebe das Schwert über deinen Kopf. Halte die Augen geschlossen. Warte geduldig, ohne dass du dich bewegst. Wenn du dann etwas Kaltes auf deinem Scheitel spürst, ist es das Ende. Erst in diesem Moment lässt du deine Arme fallen. Verstanden?!«, sprach der Meister mit ernster Miene. Der kleine Mönch hatte verstanden, verneigte sich vor seinem Meister und verabschiedete sich.
Als er wie vereinbart auf der Brücke erschien, dankte ihm der Samurai für seine Loyalität. Der Kampf begann. Der Mönch machte nun alles genauso, wie es ihm sein Meister geraten hatte. Er hielt sein Schwert über dem Kopf mit beiden Händen fest, hielt dabei beide Augen geschlossen und stand regungslos da. Der Samurai war sichtlich überrascht, er hatte noch nie eine solche Kampfstellung gesehen. Er konnte keine Angst in der Haltung seines Gegners erkennen. Der große Krieger näherte sich langsam und war erstaunt, als er die geschlossenen Augen seines Kontrahenten sah. »Das ist bestimmt ein ganz großer Kämpfer!«, dachte er. »Erstens hatte er den Mut, zur Brücke zurückzukehren, und jetzt schließt er sogar noch die Augen!« Der Samurai lief vor dem Mönch hin und her und überlegte. Der Novize wartete noch immer auf den kalten Hieb des Todes und bewegte sich

nicht. Das machte den Schwertmeister noch unsicherer. »Ja, ich bin mir sicher, dass das ein wahrer Meister der Schwertkunst ist!«, murmelte der Samurai vor sich hin. Der junge Mönch war bereit, würdig zu sterben, als er das Wehen und Klagen des Samurai vernahm. »Großer Meister der Schwertkunst, bitte entschuldigt mein beschämendes Verhalten. Bitte tötet mich nicht. Habt Mitleid mit mir. Ich war sehr überheblich und habe geglaubt, der beste Kämpfer zu sein. Doch Ihr seid der wahre Krieger der Schwertkunst. Bitte, Meister, nehmt mich als Euren Schüler an, und lehrt mich den wahren Weg!«

Jetzt lebt er

Ein berühmter Zen-Meister
sprach: »Ich verstehe die
Menschen nicht.
Sie freuen sich, wenn ein
Kind geboren wird,
aber weinen, wenn ein
Mensch stirbt.
Ich weine, wenn ein
Kind geboren wird,
weil ich weiß,
dass es sterben wird.
Wenn ein Mensch stirbt,
freue ich mich,
weil ich weiß,
dass er jetzt leben wird.«

Die Belehrung

In einem Seminar warteten die Teilnehmer im Meditationsraum auf den Zen-Meister, um von ihm die morgendliche Belehrung zu erhalten. Der Meister erschien, rückte sein Meditationskissen zurecht und nahm Platz. In dem Moment, als er seinen Vortrag eröffnen wollte, begann ein Vogel draußen zu singen. Der Meister hielt inne und wies seine Schüler schweigend darauf hin, dem Gesang zu lauschen. Nach wenigen Minuten verstummte der Vogel. Der Meister blieb eine kurze Zeit weiterhin in Stille sitzen, stand dann auf und sprach zu seinen Schülerinnen und Schülern: »So, die heutige Belehrung ist zu Ende.«

Jeder gibt sein Bestes

Es war wieder ein Jahr vergangen, und die Kung-Fu-Prüfungen standen an. Der Meister führte seine drei Schüler zu einer Schlucht und sagte zu ihnen: »Heute wird euch ein wildes Pferd testen. Jeder von euch muss die Schlucht durchqueren, vorbei an dem ungezähmten Pferd. Ich warte auf der anderen Seite!« Der erste Schüler wagte sich langsam in den Abgrund. Obwohl sich der Schüler dem grasenden Pferd ganz leise näherte, bemerkte dieses den Eindringling sofort und griff ihn mit einem kräftigen Hufschlag an. Gekonnt wehrte der Schüler den Angriff ab, sprang zur Seite und ließ das wilde Pferd und die Schlucht hinter sich. Er erreichte mühelos die andere Seite und wartete neben seinem Meister. Unterdessen riskierte der zweite Schüler den Abstieg in die Tiefe. Er blieb einen Moment lang stehen und konzentrierte sich. Dann entschied er sich dafür, an den Wänden der Schlucht entlangzuklettern, vorbei am wilden Pferd, das in der Tiefe fraß. Aber auch diesen Störenfried bemerkte das Pferd, und es versuchte, den Schüler anzugreifen. Es sprang ganz hoch und wieherte laut. Der Schüler war aber zu weit weg, und so misslang der Angriff. Auch dieser Schüler erreichte ohne Schwierigkeiten die andere Seite der Schlucht und stellte sich neben seinen Meister. Nun kam der letzte Schüler, ein Mädchen, an die Reihe. Auch sie stand einige Minuten regungslos am Eingang der Schlucht. Dann setzte sie sich auf den Boden und begann, mit der Erde, den Steinen und den Blumen zu spielen. Das wilde Pferd nahm auch diese Fremde zur Kenntnis und trottete gemächlich auf die Schülerin zu.

Neugierig blieb das Pferd vor dem Mädchen stehen. Die Schülerin streckte langsam ihre Hand nach dem Pferd aus und streichelte es vorsichtig. Das wilde Tier wurde ganz ruhig und sanft. Die Schülerin stand behutsam auf und strich über seine Mähne. Das Pferd fasste Vertrauen und wehrte sich nicht dagegen, als sich das Mädchen auf seinen Rücken setzte. So ritt die Schülerin durch die Schlucht zum Ausgang, wo bereits der Meister und die beiden anderen Schüler auf sie warteten.

Verliehene Bücher

Ein berühmter Zen-Meister hielt jede Woche eine offene Fragerunde ab, an der auch ganz gewöhnliche, einfache Menschen aus den umliegenden Dörfern teilnehmen durften. Der Tempel war an diesen Tagen immer gut besucht. Viele Interessierte strömten in die Halle, mit unzähligen Fragen im Kopf und auf Papier notiert, neugierig auf die weisen Antworten des großen Meisters. Einmal meldete sich ein älterer Herr und fragte wissensdurstig: »Meister, wenn ich ein Buch verleihe, bekomme ich es sehr selten wieder zurück. Ich habe mich auch schon mit anderen über diesen seltsamen Sachverhalt ausgetauscht. Ihnen geht es genauso. Die meisten Bücher finden den Weg nicht mehr nach Hause, zurück zu ihrem Besitzer. Warum ist das so?« Der Meister lächelte und antwortete ohne Umschweife: »Es ist einfacher, ein Buch zu behalten, als das, was darin steht!«

Wasche deine Essschalen

Ein Schüler nahm das erste Mal an einem Zen-Sesshin, einem längeren Meditations-Retreat, teil. Er bat den Zen-Meister: »Bitte zeige mir den Zen-Weg. Ich bin ganz neu hier.« Der Meister fragte den Mann: »Hast du schon gefrühstückt?« Der Schüler antwortete: »Ja, ich habe bereits gefrühstückt.« Darauf erwiderte der Meister: »Gut, dann geh, und wasche deine Essschalen.«

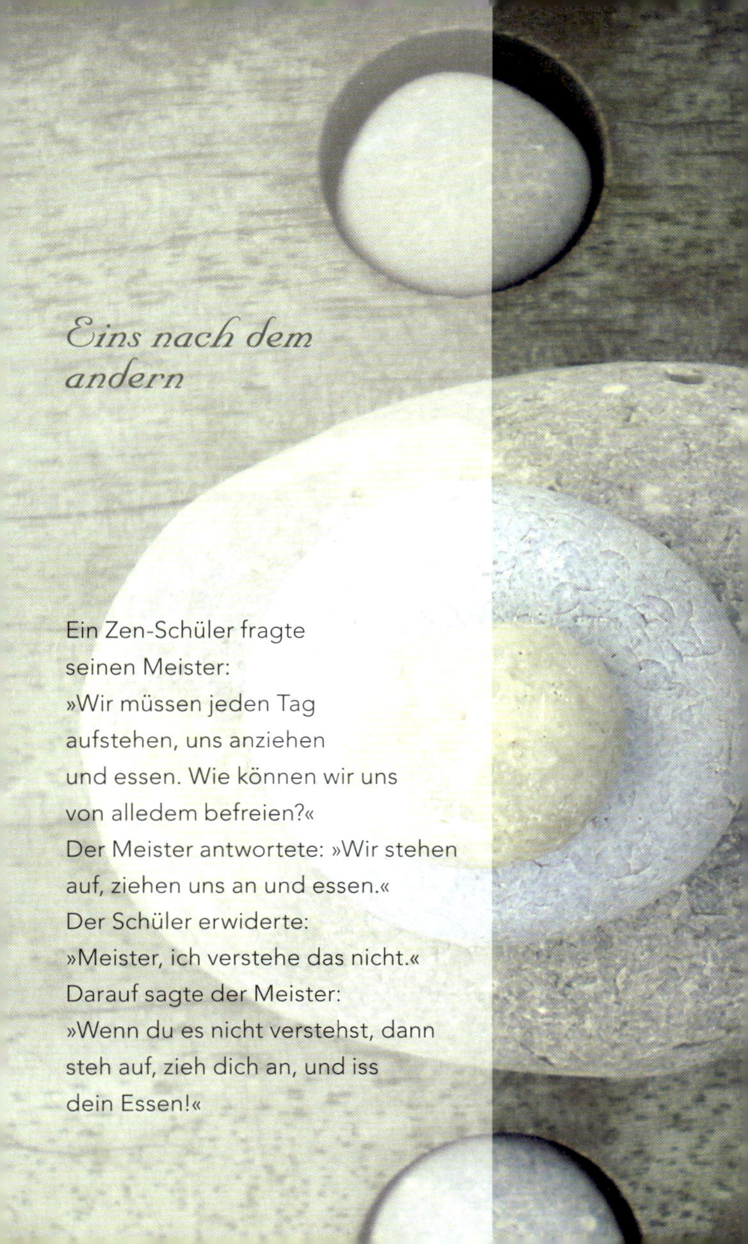

Eins nach dem andern

Ein Zen-Schüler fragte
seinen Meister:
»Wir müssen jeden Tag
aufstehen, uns anziehen
und essen. Wie können wir uns
von alledem befreien?«
Der Meister antwortete: »Wir stehen
auf, ziehen uns an und essen.«
Der Schüler erwiderte:
»Meister, ich verstehe das nicht.«
Darauf sagte der Meister:
»Wenn du es nicht verstehst, dann
steh auf, zieh dich an, und iss
dein Essen!«

Die Schale ist voll

Ein westlicher Gelehrter der Philosophie begab sich auf eine Bildungsreise in den Osten. Er war davon überzeugt, in einem der abgelegenen Tempel in den Bergen bei einem großen Kung-Fu-Meister Antworten auf all seine Fragen zu erhalten. Voller Vorfreude und mit großen Erwartungen im Gepäck betrat der Gelehrte den Tempel. Der Kung-Fu-Meister begrüßte den Fremden höflich und bat ihn, an einem kleinen Tisch Platz zu nehmen. Mit unzähligen Fragen im Kopf über die Welt, den Sinn des Lebens und die Techniken zur Meditation und zur Entwicklung der eigenen Spiritualität wartete der Mann ganz ungeduldig auf den Meister. Der hatte sich entschuldigt und erklärt, dass er zuerst Tee kochen werde, bevor er dem Gast Rede und Antwort stehen werde. Der Fremde wurde immer ungeduldiger. »Ich habe doch nicht den weiten Weg auf mich genommen, um nun Tee zu trinken«, dachte er leicht verärgert. »Wahrscheinlich ist das gar kein wahrer Meister«, und er sah sich schon enttäuscht den Heimweg antreten, mit all seinen unbeantworteten Fragen. Er hatte diesen Gedanken kaum zu Ende gedacht, da stand der Kung-Fu-Meister vor ihm und goss den frisch aufgebrühten Tee in eine von Hand verzierte Tasse. Doch der Meister stoppte den Vorgang nicht wie üblich, sondern er goss den Tee immer weiter ein. Die Tasse lief über, und der Tee tropfte auf den Boden. »Halt«, schrie der westliche Gast, »sehen Sie denn nicht, dass die Tasse schon übervoll ist?« – »Richtig«, erwiderte der Kung-Fu-Meister, »diese Tasse ist genauso voll wie dein Kopf, voller Erwartungen, Vorstellungen und Meinungen! Wie soll ich dich etwas lehren? Geh, und komme erst wieder, wenn deine Tasse leer ist!«

Der Schrank des Kaisers

Im alten China beauftragte der Kaiser einen Handwerksmeister, der zugleich auch die Kampfkunst beherrschte, mit der Aufgabe, einen Schrank für das kaiserliche Schlafzimmer anzufertigen. Der Meister nahm den Auftrag an, sagte aber dem Kaiser, dass er die ersten fünf Tage nicht imstande sein werde, mit der Arbeit zu beginnen. Obwohl der Kaiser dieser Vereinbarung zustimmte, sandte er seine Spione aus, die den Meister beobachten sollten. Und tatsächlich, der Meister saß die ersten fünf Tage scheinbar regungslos da, ohne auch nur einen Finger zu krümmen. Als diese Zeit verstrichen war, stand er auf und schreinerte in nur drei Tagen den schönsten Schrank, den man jemals zu Gesicht bekommen hatte. Der Kaiser war sehr glücklich, aber auch neugierig, und ließ den Meister an den Hof holen. Er wollte von ihm wissen, was er in den ersten fünf Tagen vor dem Beginn seiner Arbeit gemacht hatte. Der Meister sprach: »Am ersten Tag habe ich alle Gedanken losgelassen, die von Angst, Versagen und der Sorge vor einer Strafe gekennzeichnet waren, sollte ich einen Schrank anfertigen, der dem Kaiser nicht gefallen würde. Am zweiten Tag habe ich alle Gedanken losgelassen, die Unsicherheit, Selbstzweifel und mangelndes Selbstvertrauen in meine Fähigkeiten beinhalteten, es nicht schaffen zu können, einen passenden Schrank für den Kaiser zu schreinern. Am dritten Tag habe ich alle Gedanken losgelassen, die von der Hoffnung auf Anerkennung, Ruhm und Belohnung charakterisiert waren, sollte ich einen Schrank erschaffen, der dem Kaiser gefallen würde. Am vierten Tag habe ich alle Gedanken losgelassen, die in mir Stolz, Überheblichkeit und Eitelkeit wecken könnten, sollte ich vom Kaiser für meine gelungene Arbeit gelobt werden. Am fünften Tag habe ich meine geistige Vorstellungskraft dazu benutzt, mir einen perfekten Schrank vorzustellen, mit der Zuversicht und Gewissheit, dass er, so wie er jetzt vor Euch steht, auch einem Kaiser gefallen würde und sich dieser keinen anderen wünschte.

So spielt das Leben

Zwei Freunde, die sich schon länger nicht mehr gesehen haben, treffen sich im Park. »Hallo, wie geht es dir?«, fragt der eine höflich. »Entsetzlich, meine Frau ist letzte Woche gestorben!«, erwidert der andere. »Wie furchtbar! Was hat sie denn gehabt?«, erkundigt sich der Freund. »Eine kleine Boutique in der Altstadt, ein Cabrio, etwas Schmuck und ein paar Tausend Euro auf der Bank«, antwortet der andere. »Nein, ich meine, was hat deiner Frau gefehlt?«, hakt der Freund nach. »Ein Häuschen auf Ibiza und die Baugenehmigung, das Geschäft zu erweitern.« – »Nein, das habe ich nicht damit gemeint. Warum ist deine Frau gestorben?« – »Aha! Sie hat im Keller Kartoffeln und Sauerkraut für das Mittagessen geholt und ist auf der Treppe ausgerutscht und hingefallen. Beim Aufprall hat sie sich den Kopf angestoßen und dabei das Genick gebrochen«, erzählte der Mann. »Das ist ja tragisch. Was hast du da gemacht?« – »Nudeln und Salat ...«

Der Rest kommt von ganz allein

Eine junge Frau erkundigte sich bei ihrer Meisterin, was sie tun könne, um glücklich, stark und selbstsicher zu werden, und welche Techniken ihr dabei helfen würden, inneren Frieden, Liebe und Gesundheit zu erlangen. Natürlich wollte sie auch wissen, wie man materielle Sicherheit erreicht und das bekommt, was man sich von Herzen wünscht. Die Meisterin hörte sich die vielen Fragen und Wünsche der Schülerin geduldig an und antwortete gelassen und voller Mitgefühl: »Achte jeden Tag auf deine Gedanken, ohne sie zu bewerten. Achte jeden Tag auf deine Gefühle, ohne sie zu bewerten. Achte jeden Tag auf deine Handlungen, ohne sie zu bewerten. Achte jeden Tag auf deine Bedürfnisse, ohne sie zu bewerten. Sei ganz bei dir, achtsam, jeden Tag. Der Rest kommt dann von ganz allein!«

Dich gibt es nicht

Sagt der Zen-Meister zu seinem Schüler während der Meditation:
»Dich gibt es gar nicht!«
Darauf erwidert der Schüler seinem Meister:
»Wem sagst du das?«

Die Prüfung

Ein großer, alter Meister der Schwertkunst ließ seine drei Söhne zu sich kommen. Er hatte jeden einzelnen gewissenhaft in der Kunst des Schwertkampfes ausgebildet. Nun war es an der Zeit, dass einer der Söhne sein Erbe antreten sollte. Der Meister wollte sein Schwert dem Fähigsten überlassen und stellte die drei auf die Probe. Von seinen Söhnen unbemerkt, platzierte der Vater ein Kissen auf der Vorhangstange. Nacheinander sollte nun jeder der Söhne den Raum betreten. Der Vater wollte die Reaktion seiner Söhne testen, wenn diese den Raum betreten, den Vorhang beiseiteschieben und das Kissen zu Boden fallen würde. Der erste Sohn betrat den Raum. Als er den Vorhang berührte, fiel das Kissen zu Boden. Er hob es auf und legte das Kissen zurück an seinen Platz. Der zweite Sohn betrat den Raum. Als er den Vorhang berührte, bemerkte er das Kissen. Er nahm es in die Hand, öffnete den Vorhang und legte es wieder an seine Stelle zurück. Der dritte Sohn betrat den Raum. Als er den Vorhang zur Seite schob, fiel das Kissen von der Stange. Doch bevor es den Boden berührte, zog er sein Schwert und zerteilte das Kissen in zwei Hälften. Die drei Söhne standen erwartungsvoll vor ihrem Vater. Alle waren für die bevorstehende Prüfung bereit. Der Meister lächelte und gab bekannt, dass die Prüfung bereits vorbei sei und sie nur einer der drei Söhne bestanden habe. Zum ersten Sohn sprach er: »Du, mein Sohn, musst noch ganz viel üben!« Zum zweiten Sohn sagte er: »Du, mein Sohn, wirst mein Erbe antreten und mein Nachfolger werden. Dir übergebe ich mein Schwert!« Zum dritten Sohn gewandt sprach er in einem strengen Ton: »Du, mein Sohn, bist die Schande der Familie. Du wirst nur Unheil und Tod über die Menschen bringen, deshalb erlaube ich dir nicht, ein Schwert zu führen!«

Was willst du wirklich?

Ein Kung-Fu-Meister saß am Flussufer und meditierte wie jeden Morgen. Ein junger Mann setzte sich zu ihm ins Gras und sprach: »Großer Meister, bitte nehmt mich als Euren Schüler an!« Ohne aufzuschauen, fragte der Meister: »Wieso?« Der Schüler antwortete: »Weil ich durch das Erlernen der Kampfkunst zur Erleuchtung finden will.« Da sprang der Meister plötzlich auf, griff nach dem Nacken des jungen Mannes und hielt dessen Kopf unter Wasser. Der Mann hustete und rang nach Luft, als ihn der Meister nach einer gewissen Zeit wieder an die Oberfläche zurückholte. Völlig erschöpft lag der Mann neben dem Meister, als dieser ihn ansprach: »Und, mein Junge, was hast du dir am meisten gewünscht, als du unter Wasser warst?« – »Luft!«, erwiderte der Mann. »Gut«, sprach der Meister, »kehre nach Hause zurück, und komme erst dann wieder zu mir, wenn du die Erleuchtung genauso willst, wie du soeben Luft wolltest!«

Alles unter Kontrolle

In einem Zen-Tempel lebte ein alter Meister. Er wurde von seinen Schülern sehr respektiert, denn er hatte in all den Jahren der Unterweisungen und Belehrungen noch nie die Kontrolle über seine Emotionen verloren. Egal, was seine Schüler taten, der Meister behielt seine Beherrschung. Manchmal glaubten die Schüler, einen Übermenschen vor sich zu haben. So beschlossen sie, den Lehrer zu testen. Als der Meister eines Morgens mit einer Schale Tee den verschlungenen Tempelweg entlangging, sprangen die Schüler aus einem Hinterhalt vor den Meister und schrien ganz laut: »Aaaaahh!« Ohne mit der Wimper zu zucken, setzte der Meister seinen Spaziergang fort. Er beachtete seine Schüler gar nicht. Auf einer kleinen Bank ließ er sich nieder, setzte die Schale mit dem Tee behutsam ab und brüllte: »Aaaaahh!«

Ein frecher, vorlauter, junger Schüler
stellte seinen Lehrer auf die Probe
und fragte ihn:
»Meister, was ist rechte Rede?«
Der Meister antwortete:
»Wenn man keine Ahnung hat,
einfach mal den Mund halten!«

Wenn man keine Ahnung hat

Alles hat seine Zeit

Ein junger, aufgeweckter Zen-Schüler zerbrach versehentlich die wertvolle Teeschale seines Meisters. Der Schüler wusste, dass sein Lehrer täglich seinen Tee aus dieser einzigartigen und kostbaren Schale genoss. Traurig, beschämt und verzweifelt hielt er die einzelnen Stücke der zerbrochenen Schale hinter seinem Rücken verborgen, als der alte Meister das Teehaus betrat. »Großer Meister«, fragte der junge Schüler, »warum müssen die Menschen sterben?« Der Lehrer antwortete: »Mein Junge, das ist ganz natürlich. Alles unterliegt der Vergänglichkeit und muss sterben. Es lebt eben gerade so lange.« Da hielt der Schüler die zerbrochene Teeschale vor das Gesicht des Meisters und fügte erleichtert hinzu: »Meister, es war für Eure Teeschale an der Zeit zu sterben!«

Alles loslassen

Nach Jahren der Trennung kehrte ein berühmter Schwertkämpfer zu seinem Meister in den Tempel zurück und teilte ihm frohlockend und mit überheblicher Stimme mit: »Meister, ich habe alles losgelassen. Ich habe Subjekt und Objekt überwunden. Ich habe die Leere erkannt!« Schweigend hörte der Meister den Worten seines Schülers zu, ergriff dann einen Stock und schlug dem Schüler auf den Kopf. Dieser wurde zornig, zog sein Schwert und war gerade im Begriff, den Meister zu töten, als dieser in ruhigem Tonfall zu ihm sprach: »Die Leere kann sehr schnell Wut zeigen, nicht wahr, mein Sohn?« Der Schüler verneigte sich vor seinem Lehrer und verließ enttäuscht und mit verlegenem Lächeln den Tempel.

Welcher Krieger gewinnt den Kampf?

In einem abgelegenen Tempel in den nebelverhangenen Bergen Chinas erzählte ein alter Kung-Fu-Meister seinen Schülern vom Kampf, der sich in ihm selbst, in seinem Innersten abspielte. Der Meister sprach: »In meinem Inneren sind zwei Krieger, die sich bekämpfen. Der eine Krieger ist unbeherrscht, rachsüchtig, rechthaberisch, vorlaut, gierig, stolz, arrogant, wertend und kritisierend. Er ist voller Vorurteile, Selbstmitleid, Ablehnung und Überlegenheit. Ihn plagen Schuldgefühle, Neid und Minderwertigkeitskomplexe!« Die Schüler lauschten gespannt den Worten des Meisters: »Der andere Krieger ist mitfühlend, weise, hilfsbereit, demütig, heiter, friedlich und großzügig. Er ist voller Liebe, Achtsamkeit, Bescheidenheit, Wohlwollen und Einfühlungsvermögen. Er nimmt Anteil, freut sich über das Glück der anderen und besitzt ein gesundes, starkes Selbstvertrauen!« Die Schüler schwiegen. Nach ein paar Minuten der Ruhe fragte ein Schüler den Kung-Fu-Meister: »Meister, welcher der beiden Krieger gewinnt den Kampf?« Der Meister antworte: »Der Krieger, den ich füttere!«

Eine kleine Angelegenheit

Ein junger Schüler bat
seinen Meister,
ihm die große Zen-Lehre
auf eine einfache Art
und Weise näherzubringen.
Der Meister antwortete:
»Ich gehe jetzt zur Toilette,
um zu pinkeln. Das ist eine
kleine Angelegenheit,
aber ich muss sie selbst
ausführen.«

Im Angesicht des Todes

Ein alter Zen-Meister war schwer erkrankt und konnte sein Bett nicht mehr verlassen. Die Schüler des Meisters waren voller Sorgen und Kummer über seinen Zustand. Sie hatten Angst, dass er bald sterben könnte. Mit traurigen Augen, blassen Gesichtern und trüben Mienen versammelten sich alle Schüler um den Zen-Meister. Doch dieser lächelte nur, war hocherfreut und vergnügt. Die Schüler waren etwas verunsichert und fragten den Meister: »Großer Meister, wie kannst du im Angesicht des Todes so ruhig, entspannt, glücklich und gelassen bleiben?« Der Meister grinste und antwortete: »Ich glaube, dass die Chancen sehr gut stehen, sollte der Tod tatsächlich hier vorbeischauen, dass er aus Versehen einen von euch mitnimmt, so, wie ihr euch benehmt!«

Die drei Siebe

Eine ältere Frau eilte zum Philosophen ihres Dorfes. Ganz aufgeregt klopfte sie an die Tür des Weisen und bat um Einlass. »Ich muss dir was ganz Wichtiges erzählen!«, keuchte die Frau und wollte mit ihrer Ausführung beginnen. Da stoppte sie der alte Mann und sprach: »Gute Frau, hast du denn deine Worte mit den drei Sieben geprüft?« – »Welche drei Siebe?«, erkundigte sich die Frau überrascht. »Das erste Sieb ist das Sieb der Wahrheit. Hast du deine Worte überprüft, ob sie wirklich wahr sind?«, fragte der Weise. »Mmm ... eigentlich nicht. Ich habe von jemandem gehört, dass ...«, erwiderte die Frau und wurde mitten im Satz unterbrochen. »Nun gut, aber bestimmt hast du deine Worte mit dem zweiten Sieb geprüft. Das ist das Sieb der Güte. Ist das, was du mir berichten möchtest, auch wirklich gut?«, hakte der Philosoph nach. »Nein, eigentlich überhaupt nicht!«, die Frau verstummte. »Dann prüfe deine Worte mit dem letzten Sieb. Das ist das Sieb der Notwendigkeit. Wie wichtig ist es, dass du mir das erzählst?«, wollte der Mann wissen. Die Frau erwiderte leise: »So wichtig nun gerade auch wieder nicht.« – »Wenn dem so ist, dass das, was du mir zu sagen hast, weder wahr noch gut noch wichtig ist«, sagte der Weise abschließend, »dann schweige, und belaste weder dich, mich noch andere damit!«

Das Geschenk

Ein berühmter Meister der Kampfkunst lebte abgelegen in einer kleinen Hütte am Fuße des Drachengebirges. Eines Nachts drang ein Dieb in die Hütte des Meisters ein und schrie: »Gib mir dein Geld, oder ich töte dich!« Der Meister antwortete bedacht: »Meine Ersparnisse liegen in der Truhe neben dem Schrank. Bitte bediene dich. Es wäre mitfühlend von dir, wenn du noch etwas Geld übrig ließest, denn ich möchte morgen Reis auf dem Markt einkaufen.« Der Dieb schüttelte etwas verwirrt den Kopf, ließ dann aber tatsächlich einige Münzen in der Truhe zurück. Als er die Hütte verlassen wollte, sagte der Meister zu ihm: »Haben dich deine Eltern nicht gelehrt, dass man sich bedankt, wenn man etwas geschenkt bekommen hat?« Der Einbrecher stutzte und erwiderte: »Danke.« Dann verschwand er im Dunkel der Nacht. Es dauerte keine drei Tage, bis der Einbrecher von der hiesigen Polizei verhaftet wurde. Er war geständig. Der Meister wurde auf die Polizeiwache gerufen und von einem Polizisten über den Vorfall befragt: »Der Dieb hat auch Ihr Geld gestohlen, stimmt das?«, wollte dieser wissen. »Nein, nein«, erwiderte der Meister, »ich habe ihm das Geld geschenkt, und er hat sich dafür bedankt!« Der Dieb wurde freigesprochen und bat kurz darauf den Kung-Fu-Meister darum, ihn als seinen Schüler anzunehmen.

Wesentliches und Unwesentliches

Ein Schüler bat seinen Zen-Lehrer, ihm eine wichtige Lebensweisheit zu nennen. Der Meister sprach: »Es gibt Dinge, die getan werden müssen, und es gibt Dinge, die ungetan bleiben müssen. Das Aussortieren des Unwesentlichen ist der Kern aller Lebensweisheit.«

Die Weisheit des Lebens

Es war einmal vor langer Zeit, da hatte der damals herrschende chinesische Kaiser einen Sohn, den er über alles liebte. Nachdem der Vater ihm die teuersten und Erfolg versprechendsten schulischen Ausbildungen und eine hervorragende Erziehung ermöglicht hatte, bat er seinen Sohn, er möge sich nun noch Weisheit für das Leben aneignen. Deshalb schickte er ihn zu einem berühmten Meister der Kampfkunst. Kung-Fu-Meister galten früher als kluge, erfahrene und gebildete Männer, die nicht nur ihren Körper und ihren Geist unter Kontrolle hatten, sondern auch viel über das Leben wussten und für ihre überragende Weisheit bekannt waren. Als der junge Mann dem großen Meister gegenübertrat, sprach er: »Meister, bitte lehre mich etwas über das Leben.« Der Meister antwortete: »Worte sind immer nur begrenzt. Erfahrung ist das, was zählt, und deshalb wirst du dich jetzt auf eine Reise begeben. Auf deinem Weg wirst du drei kleinen Tempeln mit jeweils einem Hinweis begegnen. Folge diesem Pfad mit deinem ganzen Herzen, deiner Achtsamkeit und deiner Energie. Versuche, den Erfahrungen nicht auszuweichen, und nimm keine Abkürzung, sonst bist du dazu verdammt, alles, wovor du zu fliehen versucht hast, immer wieder zu durchleben.«

Der Meister verschwand, und der Sohn des Kaisers begab sich auf den Weg. Es dauerte nicht lange, bis er den ersten Tempel erblickte. Dieser enthielt den Hinweis: **Ändere die Welt.** Der junge Mann war begeistert, denn das war es genau, was er sich seit Längerem wünschte. Es gab schöne Sachen auf der Welt, aber auch Dinge, die er nicht mochte. Jetzt konnte er endlich die Sachen auf der Welt verändern, die er nicht mochte. Er zog in die Schlacht und führte seinen ersten Kampf. Mit Mut, Begeisterung, Hingabe und Überzeugung begann er, Dinge zu verändern und neue nach seinen Wünschen und Vorstellungen zu entwerfen. Es vergingen viele Jahre, in denen er tatkräftig wirkte. Manche Dinge ließen sich verändern, andere nicht. Da erschien der Meister und fragte den Mann, ob er schon etwas auf seiner Reise gelernt habe. Dieser erwiderte ihm: »Ja, Meister, ich habe gelernt, dass ich mithilfe meiner Intelligenz unterscheiden lernen muss, welche Dinge ich verändern kann und wo ich keine Macht besitze, Dinge zu verändern.« Der Meister war mit dieser Antwort zufrieden und fügte hinzu: »Geh nun weiter auf deinem Weg. Benutze deine Energie, und setze deine Kraft für die Dinge ein, die du ändern kannst, und lasse das los, was du nicht verändern kannst.«

Nach wenigen Tagen erreichte der Mann den zweiten Tempel mit dem Hinweis: **Ändere die anderen Menschen.** Und wieder sprudelte es vor Freude in ihm über. Auch das war einer seiner großen Wünsche. Auf der Welt gab es zwar Liebe, Frieden und Freude, aber auch Hass, Krieg und Enttäuschung. Er zog in den zweiten Kampf und lehnte sich gegen alles auf, was ihn störte. Er kämpfte gegen alle Fehler, Schwächen und Unzulänglichkeiten der Menschen und versuchte, sie eines Besseren zu belehren. Es vergingen wieder viele Jahre, in denen er eindrucksvoll gegen alle Laster und die Unzufriedenheit kämpfte. Der Meister erschien erneut und erkundigte sich über den Fortgang der Reise: »Hast du wieder etwas gelernt?« Der Prinz antwortete: »Ja, Meister, ich habe erfahren, dass ich für meinen Seelenfrieden selbst verantwortlich bin. Die anderen Menschen spiegeln nur meine eigenen Schwächen oder Stärken. In mir liegt die Wurzel des Leidens. Die anderen sind nur der Auslöser. Ich biete Resonanz für alles und jeden!« Der Meister war mit dieser Antwort zufrieden und sprach ergänzend: »Alles unterliegt dem Gesetz der Anziehung. Sei den Menschen gegenüber dankbar, die positive Gefühle in dir wecken. Empfinde aber auch Dankbarkeit den Menschen gegenüber, die negative Gefühlen in dir

auslösen, denn sie bieten dir die Möglichkeit, dich weiterzuentwickeln. Geh weiter auf deinem Weg.«

Schon kurze Zeit später erreichte der Sohn des Kaisers den dritten Tempel mit dem Hinweis: **Ändere dich selbst.** Er war sich bewusst, dass dies die einzige Möglichkeit zur Veränderung auf seinem Lebensweg sein konnte, denn er hatte erkannt, dass er der Verursacher all seiner Probleme und all seines Leides war. Und so zog er in seinen dritten Kampf, den Kampf gegen sich selbst. Er versuchte, all seine Fehler und Makel zu beseitigen. Er bemühte sich, der zu werden, von dem er schon sein Leben lang geträumt hatte. Er jagte seinem Idealbild, seinen Wunschvorstellungen und seinen Erwartungen hinterher und konnte zwischendurch einige Erfolge erzielen. Er musste aber auch immer wieder Verluste einstecken. Nach Jahren des Kampfes traf er wieder auf seinen Meister. Auch dieses Mal erkundigte der Meister sich nach dem Wohlergehen seines Schülers und fragte ihn, was er auf seinem Weg gelernt habe. Der Mann antwortete: »Meister, ich habe gelernt, dass es Eigenschaften an mir gibt, die ich verändern kann, dass es aber auch Eigenheiten und Wesenszüge an mir gibt, die ich nicht ändern kann.« Auch mit dieser Antwort war der Meister zufrieden. Doch der Schüler ergänzte verzwei-

felt: »Meister, ich bin des Kämpfens müde geworden. Ich möchte nicht mehr mit der Welt, den anderen Menschen oder mit mir im Krieg liegen. Ich bin am Ende meiner Kräfte und möchte die Waffen niederlegen. Doch ich frage mich ernsthaft, ob ich jemals zur Ruhe kommen kann. Ich sehe kein Ende!« Mit ruhigen Worten sprach der Meister: »Bevor du dich nun weiter auf den Weg machst, schaue zurück, und betrachte deine Reise, die du vor langer Zeit angetreten hast.«

Der Meister verschwand, und der Schüler drehte sich um. Auf der Rückseite des dritten Tempels entdeckte er den Hinweis: **Akzeptiere dich selbst.** Er war erstaunt, dass er diesen Ratschlag übersehen hatte, als er durch den Tempel gegangen war. Doch noch mehr beeindruckte ihn, was er auf dem Schlachtfeld hinterlassen hatte. Da lagen seine Ängste, seine Dämonen, seine Zweifel, seine Schattenseiten und all die Emotionen, Gefühle und Empfindungen, die er während dieser vielen Jahre bekämpft hatte. Der Mann fasste den Entschluss, sich mit all seinen Begrenzungen und Fehlern zu versöhnen und sie als Teil seines Selbst zu akzeptieren. Er entwickelte bedingungslose Liebe zu sich und Selbstakzeptanz, nun musste er sich nicht ständig verurteilen und kritisieren. Erneut

stand der Meister vor dem Sohn des Kaisers und sprach: »Was hast du jetzt gelernt?« Der Schüler antwortete: »Ich habe gelernt, dass ich nie wahren inneren Frieden finden kann, wenn ich einen Bereich meines eigenen Wesens ablehne oder wenn ich nicht in Übereinstimmung mit mir selbst lebe.« Der Meister nickte zustimmend und sagte: »Gut, du hast die erste große Weisheit des Lebens gelernt. Geh weiter auf deinem Weg.«

Der Schüler marschierte durch den dritten Tempel und sah sogleich den zweiten mit dem Hinweis: **Akzeptiere die anderen Menschen.** Auch diese Empfehlung hatte er beim ersten Mal nicht erkennen können. Er war überrascht, als er all die Menschen sah, die er zu verändern und zu verbessern versucht hatte. Doch zu seinem großen Erstaunen konnte er sie jetzt alle annehmen, trotz ihrer Fehler und Schwächen. Und wieder erschien der Meister und fragte: »Und, was hast du jetzt gelernt?« Der Sohn des Kaisers antwortete: »Meister, ich habe erfahren, wenn ich mich mit meinen Unzulänglichkeiten akzeptieren und lieben kann, wenn ich mit mir im Reinen bin, dann kann ich auch alle anderen Menschen so annehmen, so respektieren und so lieben, wie sie sind.« Der Meister lächelte und sagte: »Gut, du hast die zweite

große Weisheit des Lebens gelernt. Geh weiter auf deinem Weg.«

Der Schüler durchschritt den zweiten Tempel und erblickte sofort den ersten Tempel mit dem Hinweis: **Akzeptiere die Welt.** Auch diesen Rat hatte er beim ersten Mal übersehen. Er erblickte all seine Versuche, die Welt zum Besseren zu verändern, und war fassungslos, dass das, was er jetzt sah, makellos war. Die Welt erstrahlte in ihrem Glanz und präsentierte sich ihm perfekt und vollkommen. Der Meister wartete bereits auf seinen Schüler und erkundigte sich: »Und, was hast du jetzt gelernt?« Der Mann gab zur Antwort: »Genauso wie die Menschen ein Spiegel meines Selbst sind, so spiegelt die Welt meine Sicht der Dinge wider. Ich kann nur das sehen, was ich in meinem Inneren, in meinem Herzen und meinem Geist trage. Weder die Menschen noch die Welt sind schlecht, es war mein Standpunkt, mein Blick auf sie. Ich habe gelernt, die Dinge so zu akzeptieren, wie sie sind.« Der Meister war zufrieden und sprach: »Gut, du hast die dritte große Weisheit des Lebens gelernt. Du hast deinen inneren Frieden gefunden, du lebst in Harmonie mit deinen Mitmenschen und stehst im Einklang mit der Natur und der Welt.« Der Sohn des Kaisers

spürte, wie wohl ihm bei diesen Worten wurde. Er war zufrieden. Er hatte erreicht, was er wollte, wonach er sich sein Leben lang gesehnt hatte. Der Meister unterbrach die Gedanken des Mannes und fuhr fort: »Du fühlst dich jetzt bestimmt ruhig, glücklich und zufrieden. In deinem Herzen herrscht Stille. Jetzt ist es an der Zeit, dass du die letzte Hürde überwindest. Finde von der Stille, die dich erfüllt, zum Erfülltsein in der Stille.« Das waren die letzten weisen Worte des Kung-Fu-Meisters, bevor er für immer verschwand.

So ist es

Eine Schülerin fragte
ihre Zen-Meisterin:
»Meisterin, was tust du,
wenn du mit einem
Unheil, mit etwas,
was du nicht möchtest,
konfrontiert wirst?«
Die Meisterin öffnete
ihre Arme, atmete
tief ein, lächelte über
das ganze Gesicht
und gab zur Antwort:
»So ist es!«

Kein Tiger

Seit jeher konnten die Schüler ihren Zen-Meister dabei beobachten, wie er jeden Abend um dieselbe Uhrzeit um den ganzen Tempel herum Samen ausstreute. Einer der älteren Schüler fasste den Mut und sprach den alten Meister auf diese seltsame Gewohnheit an: »Großer Meister, wieso verteilst du jeden Abend diese Samen?« Der Meister antwortete ernst: »Damit keine Tiger kommen!« Der Schüler schmunzelte verlegen und erwiderte: »Aber, Meister, hier in dieser Gegend gibt es doch gar keine Tiger.« Darauf sagte der Zen-Meister selbstbewusst: »Gut so, in diesem Fall ist meine Methode erfolgreich!«

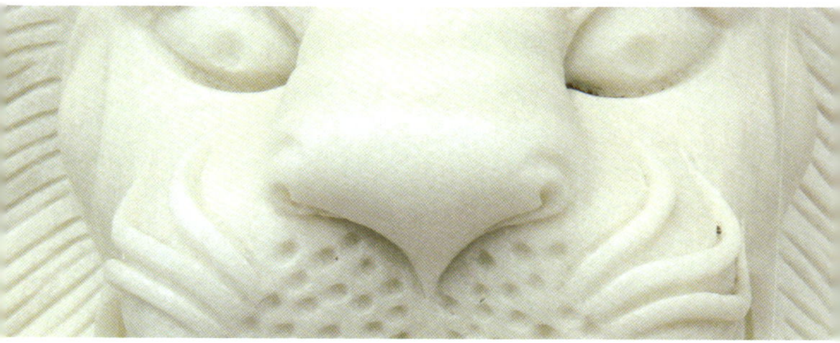

Der Nebel raubt die Sicht

Es war einmal ein Zen-Schüler, der in den Bergen saß und meditierte. Nach einigen Jahren kam ein Meister vorbei und sprach zu ihm: »Was tust du da?« – »Ich versuche, über den Berg zu meditieren, aber es gelingt mir nicht. Zu viel Nebel raubt mir die Sicht«, erwiderte der Schüler. Der Meister lachte und verschwand. Einige Jahre später erschien der Meister erneut und stellte dem Schüler dieselbe Frage: »Was tust du da?« Der Schüler antwortete: »Ich meditiere über den Nebel.« Nach dieser Antwort verneigte sich der Meister vor dem Schüler und sprach: »Du bist mein Lehrer!«

Was ist Meditation?

Ein Schüler fragte seinen Lehrer: »Meister, was ist Meditation?« Der Meister antwortete: »Zwischen jedem einzelnen deiner Gedanken gibt es eine Lücke. Wenn ein Gedanke vergangen ist, der nächste aber noch nicht entstanden ist, entsteht eine Pause, richtig?« – »Ja«, antwortete der Schüler. »Gut«, erwiderte der Meister, »versuche, diese Pause, diese Lücke zu verlängern. Das ist Meditation!«

Der Duft des Berglorbeers

Ein Schüler beklagte sich bei seinem Zen-Meister, dass er das Gefühl habe, dass ihm der Meister etwas vorenthalte, was ihn zur Erleuchtung bringen könnte. »Ich glaube, Meister, dass du mir einen entscheidenden Hinweis auf meinem Weg zur absoluten Erkenntnis vorenthältst.« Der Meister verneinte diese Anschuldigung. Am Abend gingen die beiden in den Bergen spazieren, als der Meister stehen blieb und zu seinem Schüler sprach: »Riechst du den Duft des Berglorbeers?« Der Schüler bejahte. Darauf erwiderte der Meister: »Siehst du, ich enthalte dir nichts vor!«

Die Zukunft sehen

Ein Schüler, der gerade von seiner Studienreise zurückgekehrt war, berichtete seinem Meister von einem Erlebnis, das ihn sehr beschäftigte. Er erzählte voller Faszination: »Meister, als ich in den Bergen Chinas war, begegnete ich einem weisen alten Mann, der die Fähigkeit besaß, in die Zukunft zu schauen. Er lehrte diese Fertigkeit sogar seinen Schülern!« Der Meister antwortete gelassen: »Das ist nicht schwer, das kann jeder. Mein Weg ist viel komplizierter und anspruchsvoller!« Ungläubig sah ihn der Schüler an und erkundigte sich: »Ach ja, wie ist dann Euer Weg?« – »Ich bringe meinen Schülern bei, die Gegenwart zu sehen!«, erwiderte der Meister mit einem Lächeln im Gesicht.

Die Wahrheit ist so nah

Ein Zen-Meister und ein Mann sitzen in einem Restaurant und essen Erbsensuppe. Der Mann möchte von dem Meister etwas über Zen wissen. Der Meister bittet ihn, die Erbsensuppe ganz genau zu betrachten. »Komm näher, noch etwas näher«, spricht der Meister. Als der Mann mit seiner Nase die Suppe schon fast berührt, schlägt der Meister mit dem Löffel in den Teller. Das Gesicht und das Hemd mit Suppe bekleckert, verlässt der Mann verärgert das Restaurant. Der Zen-Meister bemerkte darauf: »Das ist schade, gerade jetzt, wo er der Wahrheit so nah war.«

Wann beginnt der Tag?

In einer Lehrstunde erkundigte sich die Meisterin bei ihren Schülerinnen: »Kann mir jemand von euch sagen, wann die Nacht endet und der Tag beginnt?« Alle überlegten, und nach einigen Minuten meldete sich eine Schülerin und sprach: »Ich glaube, die Nacht endet und der Tag beginnt, wenn man eine Katze von einem Fuchs unterscheiden kann!« Die Meisterin verneinte dies. Eine andere Schülerin antwortete: »Ich glaube, die Nacht endet und der Tag beginnt, wenn man einen Apfelbaum von einem Birnenbaum unterscheiden kann!« Wieder schien die Meistern mit der Antwort nicht einverstanden zu sein. Die Schülerinnen wurden ungeduldig und wollten wissen, wann die Nacht endet und der Tag beginnt. Also sprach die Meisterin: »Die Nacht endet und der Tag beginnt, wenn ihr nach Belieben in ein Gesicht sehen könnt und dort weder einen Fremden noch eine Fremde erblickt, sondern in ihm oder in ihr einen Teil von euch selbst erkennt!«

Die Lösung

Vor langer Zeit quälte einen jungen Kampfkünstler ein großes Problem. Er rannte von Meister zu Meister, von Dorf zu Dorf, aber ohne Erfolg. Er konnte einfach keine Lösung für sein Problem finden. Er hetzte umher, wälzte sich im Schlaf, zerbrach sich den Kopf und fand keine Ruhe. Die Lösung war dem jungen Mann auf den Fersen, sie keuchte und war außer Atem, denn sie konnte mit dem hohen Tempo des jungen Schülers einfach nicht mithalten. Eines Tages war der Mann so erschöpft und müde von seiner erfolglosen Suche, dass er resigniert in einem kleinen Tempel auf einem abgelegenen Berg Rast machte. Er setzte sich auf einen flachen Stein unter einen großen Baum, der ihn vor der sengenden Mittagssonne schützte und ihm kühlen Schatten bot. Er saß einfach nur ganz still da, atmete und kam zur Ruhe. Im hohen Tempo und ganz überrascht darüber, dass sich der junge Kampfkünstler endlich eine Pause gönnte, stolperte die Lösung über ihn. Der junge Mann erschrak, denn die Lösung hatte ihn plötzlich eingeholt, und das Problem war gelöst.

Kein Ziel

Eine Zen-Schülerin erkundigt sich bei der Meisterin: »Muss ich mich erst verlaufen, damit ich mein Ziel finden kann?« Die Meisterin entgegnet darauf: »Seit ich kein Ziel mehr habe, verlaufe ich mich auch nicht mehr!«

Der Besuch des Meisters

Die Zen-Gemeinschaft freut sich auf den Besuch ihres Meisters und ist seit Tagen damit beschäftigt, das Kloster zu putzen und alle nötigen Vorkehrungen für den Gast zu treffen. Ganz unerwartet reist der Meister früher an. Er nimmt einen Besen und reinigt den Hof vor dem Kloster. Die Schüler bemerken den Meister und sprechen ihn ganz entsetzt an: »Meister! Was machen Sie denn da?« Der Meister antwortet lächelnd: »Ich bereite alles für meine Ankunft vor.«

Das Puzzle

Ein kleiner Zen-Novize kam zum Meister und bat ihn, mit ihm zu spielen. Der Meister musste sich aber um verschiedene Tätigkeiten kümmern, die den reibungslosen Ablauf des Tempellebens garantierten. Also nahm er eine Zeitschrift und blätterte darin, bis er eine sehr detaillierte Abbildung der Erde entdeckte. Er riss die Seite aus dem Heft heraus, nahm eine Schere und schnipselte die Erde in viele kleine Teile. Zum jungen Novizen gewandt, sprach er: »Hier, mein Sohn, versuche, dieses Puzzle wieder zusammenzusetzen!« Eifrig machte sich der Zen-Schüler an die Arbeit. Doch schon nach wenigen Minuten stand er erneut vor dem Meister. »Ich bin fertig!«, sagte er volle Freude und zeigt seinem Lehrer das perfekte Bild der Erde. Der Meister konnte es kaum glauben und fragte den Jungen: »Wie hast du das Puzzle so schnell zusammengefügt?« Der Kleine sprach: »Meister, auf der Rückseite war ein Mensch abgebildet. Ich habe diesen korrekt zusammengefügt. Als der Mensch in Ordnung war, da war auch die Erde in Ordnung!«

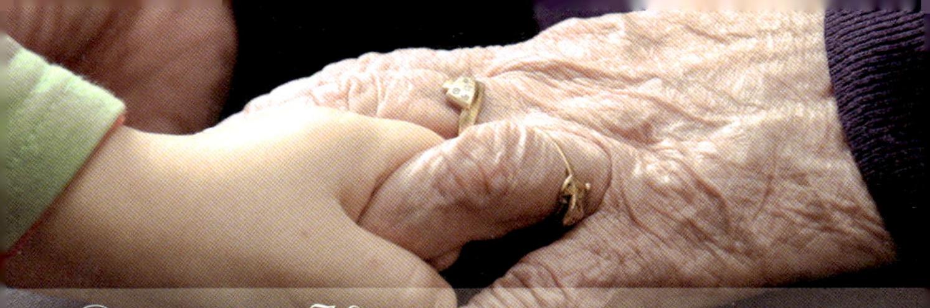

Das reine Herz

»Wie soll ich mein Leben führen?«, erkundigte sich eine Schülerin bei ihrer Meisterin und ergänzte weiter: »Die Menschen lieben das Leben, aber sie haben Angst vor dem Tod!« Die Meisterin antwortete: »Bei deiner Geburt haben sich alle über deine Ankunft gefreut, nur du hast geschrien und geweint. Lebe dein Leben so, dass alle Menschen weinen, wenn du stirbst, du dich aber freuen und die Welt mit reinem Herz und klarem Geist verlassen kannst!«

Das Wesentliche

Zwei Wandermönche durchquerten ein Tal. Die Nacht brach allmählich herein, und sie beschlossen, ihr Zelt am nahe gelegenen Flussufer aufzuschlagen. Nachdem sie eine kleine Mahlzeit am Feuer eingenommen hatten, legten sich beide zum Schlafen nieder. Mitten in der Nacht weckte der eine Mönch den anderen auf und sagte: »Wach auf, wach auf, und öffne deine Augen!« Der andere öffnete seine Augen und fragte: »Was ist denn los?« – »Was siehst du?«, wollte der Erste wissen. »Ich sehe die Sterne am Himmel!«, antwortete der andere. »Und was schließt du daraus?«, bohrte der erste Mönch nach. »Dass es eine klare Nacht ist und die Temperaturen wahrscheinlich weiter fallen werden. Ich gehe aber davon aus, dass es morgen wieder gutes Wetter geben wird und wir unsere Reise getrost fortsetzen können. Außerdem erinnert es mich an meine Kindheit, als ich mit meinem Vater im Gras gelegen und die Sterne gezählt habe. Zudem weckt es in mir das Gefühl, dass wir im Universum nicht allein sind und ...!« Der erste Mönch unterbrach den zweiten und sprach: »Stopp, du Dummkopf, wir schließen ganz einfach daraus, dass jemand unser Zelt geklaut hat!«

Nur die Absicht zählt

Ein berühmter Meister lud einen ebenso bekannten Zen-Meister mit einigen seiner Schüler zur Teezeremonie ein. Nachdem alle Gäste Platz genommen hatten, begann der Meister, alles für die Zubereitung des Tees herzurichten. Wegen des geschätzten Besuchs war er sichtlich nervös. Seine Hände zitterten, und er verschüttete nicht nur etwas Wasser, sondern schlug mit dem Löffel auch gegen eine Tasse. Als er den Tee eingoss, tropfte dieser auf das Gewand des anderen Meisters. Die Gäste sahen der Hilflosigkeit des Gastgebers schmunzelnd zu und mussten sich beherrschen, nicht laut loszulachen. Als die Teezusammenkunft beendet war, bedankte sich der Meister beim Gastgeber und sagte: »Das war der beste Tee, den ich jemals getrunken habe, und die beste Teezeremonie, an der ich bis jetzt teilgenommen habe.« Auf dem Heimweg erkundigten sich die Schüler bei ihrem Meister, ob die Worte des Lobes nicht etwas übertrieben gewesen seien. Der Meister erwiderte: »Überhaupt nicht! Obwohl einige kleine Missgeschicke dabei waren, bemühte der Meister sich aus tiefstem Herzen und aus einem aufrichtigen, reinen Geist heraus. Das ist das Wichtigste!«

Man kann es nicht jedem recht machen

Es war Mittagszeit, und die glühende Sonne brannte auf den staubigen Asphalt. Ein Vater saß auf einem Esel. Sein kleiner Sohn hielt die Zügel des Tieres in den Händen, während er neben dem Esel herging. Da kam ihnen ein Mann entgegen, der entsetzt bemerkte: »Wie egoistisch! Wie kann ein Vater nur so kaltherzig sein und seinen kleinen Sohn neben dem Tier herlaufen lassen. Seine Beine sind doch viel zu kurz, um mit den großen Schritten des Esels mithalten zu können. Wie müde dieser Kleine schon aussieht!« Der Vater stieg also vom Esel ab und ließ seinen kleinen Jungen reiten. Es dauerte keine halbe Stunde, bis eine Frau den Weg der beiden kreuzte und laut rief: »Was für ein verzogenes Kind. Es sitzt wie ein kleiner König auf dem Esel, während sein alter Vater neben dem Tier herlaufen muss!« Der Junge war traurig über diese Worte und bat seinen Vater, er möge sich doch hinter ihm auf den Rücken des Esels setzen und mitreiten. Nach kurzer Zeit begegneten sie einem Mann, der ihnen vorwurfsvoll entgegenschrie: »Das gibt es doch nicht, der arme Esel. Da sitzen zwei Faule, ein kleiner und ein großer, und quälen das arme Tier mit ihrem Gewicht!« Vater und Sohn konnten diese Worte nicht tatenlos auf sich ruhen lassen und stiegen vom Esel ab. Sie gingen schweigend neben dem Esel her, als sie einer alten Frau begegneten. Die lachte und sagte: »Das gibt es doch nicht. Wie dumm muss man sein. Da hat man einen Esel und benutzt ihn nicht. Anstatt dass er euch nützt und einer von euch auf ihm reitet, führt ihr ihn spazieren! Was seid ihr nur für Narren!« Da schaute der Vater seinem Sohn tief ihn die Augen und sprach: »Mein Sohn, es ist gleichgültig, was wir machen. Wir werden immer jemanden finden, der nicht einverstanden ist mit dem, was wir tun. Ab sofort werden wir das machen, was wir selbst für richtig halten!«

Das Gelübde

Zwei Zen-Mönche befanden sich auf einer Wanderung, als sie an einem Fluss vorbeikamen, der über die Ufer zu treten drohte. Die Brücke befand sich bereits unter Wasser. Am Ufer stand eine hübsche Frau, die nicht wusste, wie sie auf die andere Seite des Flusses kommen sollte. Während der eine Mönch die nach Hilfe suchende Frau ignorierte, nahm der andere Mönch die Frau auf seine Arme und trug sie behutsam durch den Fluss. Auf der anderen Seite setzte er die Frau ab und ging ohne ein Wort zu sagen weiter. Nach einer Weile unterbrach der erste Mönch die Stille und sprach: »Wie konntest du nur unser Gelübde brechen. Du weißt doch, dass es uns Mönchen untersagt ist, eine Frau zu berühren!« Der Mönch, der die Frau ans andere Ufer gebracht hatte, antwortete ruhig: »Ich habe die Frau am Ufer des Fluss abgesetzt. Warum trägst du sie immer noch?«

Der kleine Vogel

Es wurde Herbst, und die Tage wurden kürzer und kälter. Als sich die Vögel zur Überwinterung auf den Weg in den warmen Süden aufmachten, beschloss eine kleine Drossel, nicht mit ihnen mitzufliegen. Die Reise war ihr zu anstrengend, und sie konnte keinen Sinn darin erkennen, den beschwerlichen, langen Weg auf sich zu nehmen, wenn sie im Frühling wie alle anderen Vögel auch wieder zurückfliegen musste. Bald darauf brach der Winter ein. Es wurde bitterkalt. Die kleine Drossel erkannte, dass sie sterben würde. Also entschloss sie sich, doch noch wegzufliegen. Kaum in der eisigen Luft, erstarrten ihre kleinen Flügel, und sie stürzte zu Boden. Zum Glück fiel der kleine Vogel in einen weichen Heuhaufen, der den Sturz etwas abfederte. Benommen und unterkühlt rollte die Drossel auf den kalten, harten Boden des Kuhstalls, wo sie reglos liegen blieb. Als das kleine Herzchen gerade aufhören wollte zu pochen, ließ eine Kuh einen warmen, dampfenden Fladen auf die Drossel fallen. Der lebensrettende Dung erwärmte den kleinen Vogel so, dass seine Flügel auftauten und sein Herz wieder kräftiger zu schlagen begann. Die Drossel war überwältigt und so glücklich darüber, noch am Leben zu sein, dass sie vor Freude und Dankbarkeit ein schönes Lied sang. Durch den fröhlichen Gesang wurde die Katze des Bauern auf den kleinen Vogel aufmerksam. Unbemerkt näherte sie sich dem Kuhfladen. Vorsichtig begutachtete sie ihn, entdeckte den Vogel, und mit einem Bissen fraß sie ihn auf.

Das liegt nur in deiner Hand

Eifersucht, Neid und Missgunst waren auch den Menschen in den fernen Tempeln Asiens nicht unbekannt. Und so trug sich vor vielen Jahrhunderten folgende Geschichte zu: Der weise, alte Abt eines berühmten Tempels war sehr beliebt und genoss allseits große Bewunderung und Anerkennung. Er beeindruckte die Mitmenschen im Dorf und seine Brüder und Schwestern im Tempel durch seine Intelligenz, Klarheit und Aufrichtigkeit. Man sagte, dass er bereits in frühen Jahren die

Erleuchtung gefunden habe. Doch nicht alle waren dem Meister wohlgesinnt, und einige beschlossen heimlich ein Komplott, um den Abt bloßzustellen. Bei der nächsten Versammlung wollten die Intriganten den Alten hintergehen und ihm eine Falle stellen. Ihr Plan war folgender: Einer der Verräter sollte einen kleinen Vogel in den geschlossenen Händen halten und den Meister fragen, ob der versteckte Vogel tot oder am Leben sei. Wenn des Meisters Antwort »tot« wäre, würde der Mann seine Hände öffnen und dem Vogel das Leben schenken. Wenn des Meisters Antwort »lebendig« wäre, würde der Mann dem Vogel mit einem kurzen Druck das Leben nehmen. Egal, was der weise Abt auch sagen würde, die Antwort wäre falsch und seine Weisheit damit klar infrage gestellt. Vielleicht würde der Meister sogar sein Gesicht und somit sein Amt verlieren. Der Tag der Tempelversammlung kam, und alle trafen sich auf dem Hauptplatz vor dem großen Tempeltor. »Großer Meister, sagt mir, ist der Vogel, den ich in meinen Händen halte, tot oder lebendig?«, stellte einer der Männer den alten Mann zur Rede. Dieser lächelte und sagte nach kurzer Überlegung: »Tot oder lebendig – das liegt nur in deiner Hand!«

Strohschuhe oder Regenschirme

In einem chinesischen Dorf lebte eine alte Frau. Die Bewohner des Dorfes gaben ihr den Spitznamen »Weinendes Weib«, weil sie immer weinte, egal, ob es regnete oder die Sonne schien. Ein Zen-Meister besuchte das Dorf und begegnete auch der alten Frau. Er fragte sie, weshalb sie immer weine. Sie antwortete: »Meister, ich habe zwei Töchter. Die Jüngere verkauft Regenschirme, die Ältere Strohschuhe. Wenn es regnet, dann denke ich an meine ältere Tochter, die keine Strohschuhe verkaufen kann, weil das Wetter schlecht ist. Wenn die Sonne scheint, dann denke ich an meine jüngere Tochter, die keine Regenschirme verkaufen kann, weil das Wetter gut ist!« Der Zen-Meister erwiderte darauf: »Ab heute denkst du an deine jüngere Tochter, wenn es regnet, und bist glücklich darüber, dass sie Regenschirme verkaufen kann. Wenn die Sonne scheint, dann denkst du an deine ältere Tochter und freust dich darüber, dass sie Strohschuhe verkaufen kann!« Nach der Begegnung mit dem Meister weinte die Frau an keinem Tag mehr. Sie lächelte, wenn die Sonne schien, und sie lächelte, wenn es regnete. Und schon bald wurde ihr im Dorf der Spitzname »Lächelndes Weib« verliehen.

Ich kann dir nichts geben

Eine eifrige Schülerin fragte ihre Meisterin: »Bitte sage mir, was kannst du mir alles geben?« Die Meistern schwieg eine Weile und erwiderte dann: »Ich kann dir nichts geben, was du nicht schon hast. Ich kann dir aber vieles wegnehmen, was dich daran hindert, dein wahres Wesen zu sehen und deine wirkliche Natur zu leben!«

Wer ist arm?

Ein reicher Mann nahm seinen Sohn auf einen kleinen Ausflug aufs Land mit. Es war ihm ein tiefes Anliegen, seinem Sohn zu zeigen, wie die armen Leute lebten. Und so verbrachten die beiden einen ganzen Tag und eine ganze Nacht bei einer sehr armen Familie, die auf einer einfachen und bescheidenen Farm lebte. Nachdem sich Vater und Sohn von der Familie verabschiedet hatten und sich auf den Heimweg machten, erkundigte sich der Vater bei seinem Sohn: »Und, wie war dieser Ausflug?« Der Sohn antwortete: »Oh, sehr eindrücklich!« Darauf der Vater: »Dann hast du also gesehen, wie arm manche Menschen sein können?« – »Ja, Vater, das habe ich erkannt!«, erwiderte der Sohn. »Und was hast du daraus gelernt?«, wollte nun der Vater wissen. Der Sohn gab zur Antwort: »Ich habe gesehen, dass wir zu Hause einen kleinen Hund haben, und die Bauern haben drei. Wir haben einen Swimmingpool, und sie haben einen großen See. Wir haben eine schöne Beleuchtung im Garten, und sie haben alle Sterne am Himmel. Unser Grundstück reicht bis zum Vorgarten, sie haben den ganzen Horizont!« Der Vater war sprachlos, und der Sohn ergänzte: »Ich bin dir sehr dankbar, Vater, dass du mir gezeigt hast, wie arm wir sind.«

Wo die Liebe hinfällt

Es kam vor, dass früher in den Klöstern auch psychisch kranke Menschen Zuflucht fanden und von den Zen-Meistern behandelt wurden. Als ein neuer Mönch mit dem Abt einen Rundgang durch das Kloster machte, vernahm er hinter einer verschlossenen Tür die Stimme eines Mannes, der wehmütig rief: »Oh, Yoko, Yoko, Yoko!« Der Mönch wollte vom Abt wissen, welches Problem der Mann habe. Der Abt antwortet: »Yoko war seine wahre große Liebe. Sie aber hat seine Liebe nie erwidert!« Nach ein paar Schritten hörte der Mönch wieder eine Stimme, die ebenfalls verzweifelt schrie: »Oh, Yoko, Yoko, Yoko!« Und wieder erkundigte sich der Mönch beim Abt: »Hat der Mann das gleiche Problem mit dieser Yoko?« Der Abt antwortete: »Ja, das ist der Mann, dessen Liebe Yoko erwidert und den sie geheiratet hat!«

Die Buddha-Natur

Ehrfürchtig betrat ein junger Mann einen buddhistischen Tempel. Er wollte dem Buddha eine Räucheropfergabe darbringen. Als er sich verneigte, bemerkte er, wie ein kleiner Spatz auf dem Kopf des Buddhas Platz nahm und sein Geschäft auf ihm verrichtete. Der weiße Kot tropfte dem Buddha über das Gesicht. Entsetzt erkundigte sich der Mann beim Tempelvorsteher: »Hat ein Spatz nicht auch die Buddha-Natur?« – »Selbstverständlich hat ein Spatz die Buddha-Natur«, gab der Abt zur Antwort. »Wieso hat der Vogel dann auf den Kopf des Buddhas geschissen?«, hakte der junge Mann nach. »Der Spatz hat seine Gründe! Oder soll er es auf den Kopf eines Sperbers machen?«

Ein Wort genügt

Nachdem ein Schüler auf einer Bildungsreise die Erleuchtung erlangt hatte, kehrte er ehrfürchtig in den Tempel seines Meisters zurück. Der Zen-Meister saß schweigend da und erwartete seinen Schüler. Der Schüler verbeugte sich vor seinem Lehrer und fiel auf die Knie. Als er seinen Kopf hob und anfangen wollte zu sprechen, verpasste ihm sein Meister 30 harte Schläge mit dem Stock. Entsetzt blickte der Schüler seinen Meister an und fragte: »Meister, ich habe doch noch gar nichts gesagt. Wieso die Stockschläge?« Der Meister antwortete: »Nur ein Wort von dir, und es wäre zu spät gewesen!«

Auf der Suche nach den Sünden

Ein Schüler bat seinen Zen-Meister: »Ich bin krank. Meister, bitte befreie mich von allen schlechten Taten, von all meinen Sünden, denn sie sind der Ursprung meiner Krankheit!« Der Meister antwortete: »Gut. Geh, und hol all deine schlechten Taten und deine Sünden. Ich werde dich dann von ihnen reinigen, und du wirst von allem Ballast befreit sein und inneren Frieden und Gesundheit finden.« Der Schüler überlegte kurz und sagte dann enttäuscht: »Meister, ich kann meine Sünden nirgendwo finden.« Der Meister entgegnete darauf: »Gut. Ich habe sie somit für dich beseitigt.«

Der mittlere Weg

Ein Mann schaut dabei zu, wie ein Zen-Mönch auf einer großen Blumenwiese direkt gegen einen Baum läuft und auf den Boden fällt. Der Mann geht zum Mönch und fragt ihn ganz erstaunt: »Wieso bist du gegen den Baum gelaufen und nicht nach links oder rechts ausgewichen?« Darauf erwidert der Mönch noch etwas benommen: »Ich wollte den mittleren Weg nehmen!«

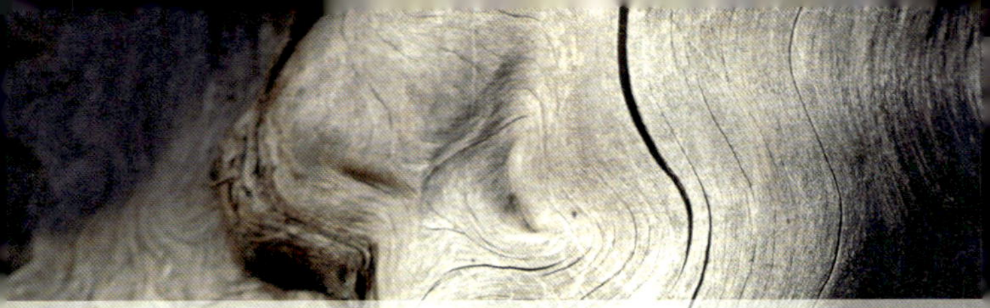

Wie Verblendung entsteht

Ein großer Zen-Meister hielt einen Vortrag. Nachdem er über die Verblendung sowie das Leid und deren Überwindung gesprochen hatte, durften die Anwesenden dem Lehrer Fragen stellen. Ein Mann erhob sich und stellte die Aussagen des alten Meisters in Zweifel: »Ich bin schon lange frei von Leid. Aber was meint Ihr mit Verblendung? Was ist Verblendung, und woher kommt sie?« Der Meister antwortete knapp: »Nur Idioten stellen so eine dämliche Frage!« Der Mann wurde über diese Äußerung sehr zornig und erwiderte verärgert: »Wenn Ihr schon zu dumm seid, um meine Frage zu beantworten, ist das eine Sache. Aber weshalb beleidigt Ihr mich noch zusätzlich?« Der Zen-Meister sprach: »Es war mir ein Anliegen, dir ganz praktisch zu zeigen, was Verblendung ist und wie sie entsteht. Dein Zorn, deine Wut ist die Antwort!«

Aber

Ein überforderter Mann besuchte einen Zen-Mönch, um ihn um einen Rat zu bitten. Er sprach: »Ich weiß nicht, was ich tun soll. Die Bürde des Lebens scheint mich zu erdrücken. Die tägliche Last wiegt so schwer auf meinen Schultern, ich kann einfach nicht mehr. Bitte sage mir, was ich dagegen tun kann!« Der Weise antwortete: »Das siehst du völlig falsch. Das Leben ist so leicht wie eine Feder.« Der Mann war sichtlich verzweifelt, schüttelte verständnislos den Kopf und fuhr fort: »Lieber Mönch, entschuldige meinen Einwand, aber du siehst das nicht richtig. Das Leben ist hart, und die vielen Aufgaben sind schwierig und anstrengend. Das Leben ist nicht leicht, das ist ein Irrtum!« – »Nein, du siehst es falsch. Das Leben ist leicht«, wiederholte der Mönch und sprach weiter: »Du bist es, der sich selbst die Last des Lebens jeden Tag aufs Neue auf die Schultern lädt!« – »Aber ...«, wollte der Mann gerade einwenden, als ihn der Mönch unterbrach und sagte: »Mein lieber Mann, genau dieses ›Aber‹ wiegt allein mindestens schon tausend Kilogramm!«

Ach so?!

In einem abgelegenen Dorf lebte eine reiche Familie, die eine wunderschöne Tochter hatte. Eines Tages bemerkten ihre Eltern, dass sie schwanger war, und stellten sie zur Rede. Sie wollten wissen, wer der Vater des Kindes sei. Die Tochter hatte große Angst davor, ihrer Mutter und ihrem Vater die Wahrheit zu beichten, und so beschloss sie, die wahre Identität des Erzeugers nicht preiszugeben, und beschuldigte stattdessen den hiesigen Zen-Meister. Die Eltern waren entsetzt und brachten das Neugeborene kurz nach der Geburt zum Meister. Als dieser die Tür des Tempels öffnete, drückten sie ihm das Kind in den Arm und beschuldigten und beleidigten ihn sehr. »Ach so?!«, waren die einzigen Worte des Meisters. Obwohl er seinen guten Ruf verloren hatte, kümmerte er sich fortan rührend um das Kind und ließ ihm die beste Erziehung und Ausbildung zukommen. Nach ein paar Jahren der Trennung konnte es die leibliche Mutter nicht mehr ohne ihr Kind aushalten. Sie gestand ihren Eltern, dass der leibliche Vater ein armer Bauer aus dem Dorf war. Sofort eilten Mutter und Vater zum Zen-Meister, baten ihn um Entschuldigung für das Versehen und die bösen Worte und wollten das Kind wieder mitnehmen. Der Meister übergab es ihnen mit den Worten: »Ach so?!«

Der Sinn des Lebens

Ein junger wissbegieriger Schüler suchte einen sehr berühmten Zen-Meister in der Hoffnung auf, dass dieser ihm den Sinn des Lebens erklären könne. Als er dem Lehrer gegenüberstand, sprach er zuversichtlich: »Großer Meister, bitte sage mir, was ist der Sinn des Lebens?« Der Meister schwieg. Geduldig wartete der Schüler. Doch der Zen-Lehrer gab dem jungen Mann keine Antwort auf seine Frage. Die Stille war für den Schüler kaum noch auszuhalten. Ungeduldig trat er von einem Fuß auf den anderen. Doch der Meister machte nicht den

Eindruck, als würde er noch einen Ton von sich geben. Verärgert und enttäuscht verließ der Schüler den Raum und bekundete dabei seinen Unmut: »Was für ein alter Narr. Keine Ahnung hat er. Und das soll ein wahrer Meister sein!« Die Schüler, die diese Begegnung beobachtet hatten, kamen zum Meister und erkundigten sich, wieso er auf eine so bedeutende Frage nicht geantwortet habe. Der Zen-Lehrer sprach: »Menschen, die andauernd nach dem Sinn des Lebens fragen, sind mit keiner Antwort, die ich ihnen geben würde, zufrieden. Nach dem Sinn des Lebens fragen diejenigen, die mit dem, was sie sind, oder mit dem, was sie haben, nicht glücklich und zufrieden sind. Egal, was ich dem jungen Mann geantwortet hätte, er hätte meiner Antwort nicht vertraut. Wieso kommt man überhaupt auf die Idee, nach dem Sinn des Lebens zu fragen? Im Frühling blühen die Blumen, im Sommer schenkt uns die Sonne Energie und weht ein kühler Wind zur Erfrischung, im Herbst wird das Korn geerntet und die Blätter verfärben sich, im Winter fallen die weißen Schneeflocken wie Kristalle vom Himmel. Ist das nicht genug, um unser Herz zu erfreuen?«

Die besten Weintrauben

Ein Zen-Meister begab sich auf eine Reise. Er gelangte dabei auch in einen Dschungel und wurde von einem Tiger angegriffen, der unverhofft aus dem Hinterhalt hervorsprang. Der Meister ergriff die Flucht, gefolgt vom Tiger, der schon fette Beute witterte, und sprang über eine Klippe. Dabei konnte er sich in letzter Sekunde an einer Weinrebe festhalten und verhinderte so, dass er in eine tiefe Schlucht fiel. Als er einen Blick in den Abgrund wagte, sah er, dass unten in der Schlucht ein weiterer Tiger auf ihn wartete. Er blickte nach oben und sah den Tiger, vor dem er geflüchtet war. Die weißen Zähne des Tieres blitzten in der Mittagssonne, und seine Augen fixierten den Meister mit einem tödlichen Blick. Plötzlich bewegte sich der dünne Ast der Weinrebe, an der sich der Meister festklammerte. Zwei kleine Mäuschen knabberten an der Wurzel. Es war nur noch eine Frage von Minuten, bis der Ast, an dem das Leben des Meisters hing, in den Abgrund stürzen würde. Während sein Blick die nähere Umgebung erforschte, entdeckte der Meister eine saftige Weintraube. Mit einer Hand hielt der Meister sich am Ast fest, während er mit der freien Hand die Traube vom Ast pflückte. Er nahm sie in den Mund

und sagte: »Mmh, das ist die beste Weintraube, die ich je gegessen habe!«

Der Löwenzahn

Ein Schüler des Zen wollte einen schönen Garten vor seinem Heim anlegen. Er informierte sich eingehend über den Gartenbau, bestellte den Boden sachgemäß und streute hochwertige Blumensamen aus. Die Blumen gediehen wunderbar, mit ihnen wuchs aber auch der Löwenzahn. Der Schüler erkundigte sich, wie er das ungebetene Kraut beseitigen könne, und wandte viele Methoden an, ohne sichtbaren Erfolg. So beschloss er, seinen alten Zen-Meister um Rat zu fragen. Dieser war vertraut mit der Zen-Gartenkunst und gab seinem Schüler zwar viele wertvolle Anregungen, doch sein Schüler hatte alle diese Tipps bereits ausprobiert. Der Zen-Meister und sein Schüler saßen also schweigend zusammen, als der weise Meister lächelte und sprach: »Nun gut, wenn du alles versucht hast, um den Löwenzahn zu beseitigen, dann gibt es nur noch einen Ausweg.« Der ratlose Schüler hob den Kopf und blickte seinen Meister erwartungsvoll an. Dieser fügte gelassen hinzu: »Akzeptiere den Löwenzahn, und lerne, ihn zu lieben!«

Was ist Erleuchtung?

Eine junge Nonne übte eifrig. Trotz ihres Fleißes und der täglichen Meditation fand sie keine Erleuchtung. Niemand konnte ihr weiterhelfen und ihr sagen, was sie genau zu tun hätte, damit sie ihrem Ziel auch nur einen kleinen Schritt näher käme. So verließ sie das Kloster und ging auf Wanderschaft. Eines Nachmittags begegnete sie einer alten Frau mit langem weißem Haar und tiefen Falten im Gesicht. Sie hatte einen großen Sack auf den Rücken gebunden und lächelte der Nonne schon von Weitem zu. Die junge Frau wusste intuitiv, dass dies eine Erleuchtete war. Sie war überzeugt, dass sie ihr die Antwort auf ihre Frage geben konnte. Also sprach sie die Frau an: »Bitte, sage mir, was ist Erleuchtung?« Die Frau lächelte mitfühlend und verständnisvoll, nahm den schweren Sack von ihren Schultern, richtete sich auf und schaute die Nonne an. Diese verstand sofort und fuhr glücklich fort: »Vielen Dank für die Belehrung, ich verstehe. Bitte erlaube mir noch eine letzte Frage. Was kommt nach der Erleuchtung?« Die alte Frau nahm den schweren Sack, warf ihn über ihre Schultern, richtete sich auf, lächelte und ging fort. Die junge Nonne war auf der Stelle befreit.

Wie man in den Wald hineinruft

In einem Dorf war es Brauch, dass der hiesige Zen-Meister jeden neuen Gast persönlich begrüßte. Da kam ein Fremder des Weges und erkundigte sich beim Meister: »Bitte, sage mir, wie sind die Menschen hier in deinem Dorf?« Der alte Meister lächelte und erwiderte: »Sage du mir, wie waren die Menschen, denen du im letzten Dorf begegnet bist?« Der Mann antwortete: »Sie waren freundlich, offenherzig und hilfsbereit. Ich habe mich dort sehr wohlgefühlt.« – »Gut«, sprach der Zen-Meister, »so in etwa werden die Menschen auch hier sein!« Nach kurzer Zeit erschien ein zweiter Fremder vor dem Meister, und auch er fragte den weisen Mann: »Guten Tag, bitte, sage mir, wie sind die Menschen hier in deinem Dorf?« Der alte Meister lächelte erneut und fragte: »Sage du mir, wie waren die Menschen, denen du im letzten Dorf begegnet bist?« Der Mann gab zur Antwort: »Oh, fürchterlich, sie waren launisch, unfreundlich und verschlossen. Keiner hat dem anderen geholfen oder ihn unterstützt. Ich habe mich dort überhaupt nicht wohlgefühlt.« – »Gut«, erwiderte der Zen-Meister, »so werden die Menschen in etwa auch hier sein!«

Worte des Dankes

Geschichten werden am Leben erhalten durch Menschen, die sie erzählen und in die Welt hinaustragen. Viele der Geschichten, die ich in diesem Buch zusammengetragen und nacherzählt habe, habe ich auf meinen unzähligen Asienreisen aufgeschnappt. Andere Anekdoten wurden mir auch von Schülern, Bekannten und Freunden zugetragen. Die Urheber zu finden bleibt verständlicherweise ein unmögliches Unterfangen.

Ich bitte daher Sie, liebe Leserin und lieber Leser, um Verständnis, und bedanke mich bei den geistigen Erfindern für die tiefgründigen, amüsanten, lehrreichen und verblüffenden Geschichten und für ihre Nachsicht.

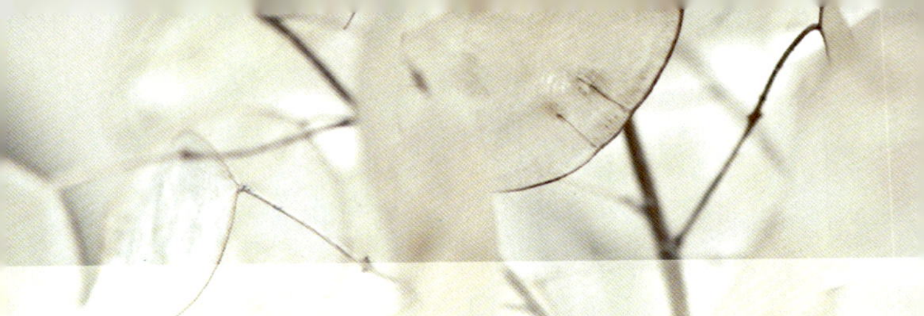

Zur Autorin

Sandy Taikyu Kuhn Shimu, Zen(Chan)-Meisterin und Autorin, ist hauptberuflich als Lehrerin und Ausbilderin in den Bereichen Kung Fu, Yoga, Qi Gong und Zen(Chan) sowie als psychologisch-spirituelle Beraterin tätig. Außerdem ist sie Mitbegründerin der WU LIN Organisation und der WU LIN Zen(Chan)-Linie, einer Ausrichtung bzw. Schule, die die bekannten Zen-Aspekte wieder mit der ursprünglichen Chan-Tradition vereint. Darin wird großer Wert auf die Anwendbarkeit der Zen-Praxis im normalen Alltag gelegt. Ihr Wissen und ihre Erfahrungen vermittelt sie im täglichen Unterricht ihren Schülerinnen und Schülern.

Weitere Informationen zur Tätigkeit der Autorin
finden Sie unter:

www.taikyu.ch | www.wulin.ch
sandy@taikyu.ch

Weitere Titel der Autorin, erschienen im Schirner Verlag:

Was dein innerer Buddha dir zu sagen hat
Entdecke deinen edlen Kern! (Kartenset)
978-3-8434-9043-6

Begegne dir selbst in der Stille
Freiheit beginnt mit deinen Gedanken (Buch)
978-3-8434-1104-2

Wenn Kirschblüten fallen
Impulse, die den Geist beflügeln (Geschenkbuch)
978-3-8434-1056-4

Wenn Kirschblüten fallen – Geführte Meditationen, die den Geist befreien (CD)
978-3-8434-8204-2

Im Angesicht des Todes – und jetzt?
Übungsbuch zur Integration und Akzeptanz des Unvermeidlichen (Buch)
978-3-8434-1079-3

Vergeben, Heilen und Loslassen im Angesicht des Todes – Geführte Meditationen (CD)
978-3-8434-8221-9

Mit Buddha Tee trinken – Eine Einführung in die chinesische Teezeremonie (Buch)
978-3-8434-1033-5

Erwecke den Krieger in dir
Das WU LIN-Prinzip (Buch)
978-3-8434-1057-1

Erleuchtung zum Frühstück – Nimm dir Zeit zum Leben – Achtsamkeit im Alltag (Buch)
978-3-8434-1078-6

Erleuchtung zum Frühstück – Nimm dir Zeit zum Leben – Achtsamkeit im Alltag **(Kartenset)**
978-3-8434-9029-0

Was die Energie zum Fließen bringt
Der kleine Energieratgeber für jeden Tag **(Buch)**
978-3-8434-5069-0

Bildnachweis:

alle Bilder von fotolia.com // Titelbild Umschlag: 42778215©WONG SZE FEI
Bilder Innenteil: 10614164©Kevin Arneth // 1072373©phecsone // 12274857©phecso-
ne // 13429920©Visual Concepts // 1349154©Gautier Willaume // 14789784©barneyb-
oogles // 15102995©Bernd S. // 15401490©Erica Essick // 17473270©Jules_Kitano //
1797168©Radu Razvan // 20492868©kohashi // 2137181©Jean-Michel LECLERCQ //
21609086©Chlorophylle // 22000058©Gerken & Ernst // 22612147©Svetlana Nikolaeva //
23636554©Omika // 23656442©Luftbildfotograf // 23930003©Kailash // 24233314©Ma-
riusz Prusaczyk // 24363907©bigfoot // 2488305©Chris McCooey // 25200680©enysku-
vaiev // 25561256©yanikap // 25882479©ping han // 26532508©Jens Ottoson // 2799221©
Ivan Hafizov // 28018857©Ioannis Pantzi // 29949004©xenophon03 // 31254857©pic-
unique // 31324783©Anson // 31684665©Wouter Tolenaars // 31798306©xy // 32124323©
ferretcloud // 32287887©matttilda // 3232957©Enrico Decio // 33075926©Naatsita N. //
33156194©KD-Photo // 33373184©timango // 33387295©eAlisa // 33442818©Creative-
marc // 33479937©timango // 33755764©bukinnet // 33811990©carballo // 34113663©
paylessimages // 34309194©phiseksit // 34669235©diavolessa // 34786234©Meaw-
pong // 3505471©oha // 35133138©Liv Friis-larsen // 35983672©XtravaganT // 36476544©
Svetlana Nikolaeva // 36868832©Subbotina Anna // 37447184©jjspring // 37484095©
offish25 // 37564956© imagincy // 37672146©WANG HSIU-HUA // 38666127©jplde-
signs // 38825974©Hunor Kristo // 38841108©sergiswand // 38929502©ping han //
39620861©primeproud // 402302©Gina Smith // 40259216©justinkendra // 40268974©
yelena011 // 40475270©Claudia Paulussen // 40475439©Claudia Paulussen // 40569093©
jukree // 40876862©mahey // 40985776©jarous // 40988592©Amir Kaljikovic // 41305762©
Piano107 // 41305793©Piano107 // 41409359©viperagp // 41474073©mythja // 41498222©
Unclesam // 41669604©juloro // 42063929©Marianne Mayer // 42066700©bennnn //
42304779©WANG HSIU-HUA // 42730874©PhotoSG // 42740622©Stéphane Bidouze //
42778215©WONG SZE FEI // 42869083©ezechiel // 42889285©khonchiangmai //
42928853©Aleksandar Todorovic // 43286917©Aleksandar Todorovic // 43369690©
topten22photo // 43544275©Creativa // 43608171©Joachim Martin // 43776692©adik-
pixxx // 43787154©Vit Kovalcik // 44062238©Claudia Paulussen // 44237782©Kati Molin //
44344980©javiindy // 44510990©Xavier Allard // 44619225©davidevison // 44847520©
sorapop // 44950859©djama // 45231336©Patryssia // 45686979©michaklootwijk //
45808288©孤飞的鹤 // 46213826©Witold Krasowski // 46398251©jjuncadella //
46472903©mahey // 46606443©risto0 // 46632327©itataekeerati // 47128812©fiery-
phoenix // 47327564©chirnoagarazvan // 4795101©manu // 48218392©Mariusz Pru-
saczyk // 48802059©vrc // 48921958©fieryphoenix // 49558982©anitasstudio //
49634008©vichie81 // 49770766©Karin Jähne // 49826408©ViewApart // 49873122©
Nongnuch Leelaphasuk // 50105392©Delphimages // 50394763©phoopanotpics //
50459575©terkey // 50642528©coco // 51074322©antbphotos // 51599238©Foto-
schlick // 51993327©Joanna Tkaczuk // 52162318©Vit Kovalcik // 52641690©Unclesam //
52691014©Dionisvera // 52889500©daffodilred // 52889503©daffodilred // 53064757©
yingyo // 53143143©lily // 53143169©lily // 53192977©f9photos // 53350323©kristina
rütten // 536215©Ubi17 // 7366381©Conny Hagen // 7402535©Christophe Fouquin //
7450938©Birgit Kutzera // 30509566©falconhy

1,00
2